光文社文庫

文庫書下ろし／長編時代小説

いのち汁

人情おはる四季料理㈢

倉阪鬼一郎

KOBUNSHA

光　文　社

この作品は光文社文庫のために書下ろされました。

目次

第一章　お食い初め膳《ぞぜん》　5
第二章　一本揚げと煮奴《にやっこ》　27
第三章　けんちん汁と玉子粥《がゆ》　46
第四章　かき揚げ丼と海老天　68
第五章　大晦日と新年　94
第六章　おっきりこみと味噌饅頭　115
第七章　高野豆腐の味　142
第八章　二人の舌だめし　162
第九章　宴《うたげ》の支度　181
第十章　祝いの宴　199
第十一章　梅から桜へ　225
終　章　浄土《じょうど》の月　249

第一章　お食い初《ぞ》め膳《ぜん》

一

のれんの向こうから、いい香りが漂ってくる。
「晴」と染め抜かれた明るい柑子《こうじ》色ののれんだ。
冬の風は冷たいが、そののれんの界隈《かいわい》はどこかあたたかい。
貼り紙が出ている。

けふの中食《ちゅうじき》
寒《かん》がれひの煮つけ
けんちん汁

めし、小ばち、香《こう》のものつき
三十食かぎり　三十文
晴《はれ》や

「おお、間に合ったな」

急ぎ足でやってきた男が言った。

不二《ふじ》道場の道場主の境川《さかいがわ》不二だ。

「これでうまいものにありつけます」

「匂いを嗅《か》いだだけで腹が鳴ったので」

一緒に来た門人たちが笑みを浮かべた。

「いらっしゃいまし」

三人の武家がのれんをくぐるや、明るい声が響いた。

おかみのおはるの声だ。

「よい声だ。これも料理のうちだな」

境川不二が笑みを浮かべた。

「ちょうどお座敷が空《あ》きましたので」

手伝いのおまさが手で示した。

「よし。なら、上がろう」

道場主が言った。

「よく眠っているな」

「いい子だ」

門人たちが勘定場《かんじようば》を見て言った。

「はい。寝てくれていると助かります」

おはるが笑みを浮かべた。

そのひざには、おくるみに入ったややこが大事に乗せられている。

今年の秋に生まれたばかりのおるみだ。

字を当てれば「お留美《るみ》」となる。早くも末は看板娘と言われている娘は、母に抱かれて寝息を立てていた。

「ありがたく存じました」

もう一人の手伝いのおそのが声をあげた。

おかみのおはるは勘定場に詰め、おるみの守りをするだけで精一杯だ。中食は二人の手伝いが大車輪で働く。

「おう、うまかったぜ」

「煮つけの味がちょうどよくてよう」

「やっぱり飯は晴やだな」

そろいの瑠璃《るり》色の半纏《はんてん》をまとった大工衆が口々に言った。

鯨尺《くじらじゃく》にちなむ鯨組《くじらぐみ》の男たちだ。愛嬌《あいきょう》のある鯨が潮を吹いている背中の絵が人気で、この大工衆が通りかかると町がぱっと明るくなる。

これから食す者もいれば、食べ終えて勘定場へ向かう者もいる。中食の晴やは活気に満ちていた。

「ありがたく存じました。またのお越しを」

厨《くりや》で手を動かしながら、あるじの優之進《ゆうのしん》が言った。

もとは町方の定廻《じょうまわ》り同心だったが、さまざまな経緯《いきさつ》があり、思うところあって十手《じって》を返上して料理人となった。

女房のおはるとともに春先に始めた晴やは、開店当初こそ閑古鳥《かんこどり》が鳴いていたが、だんだんに常連がつき、いまでは中食が売れ残ることはめったになくなった。早々に売り切れてしまい、客にわびることも少なくない。

「おう、明日も来るぜ」

「雨で普請場《ふしんば》が休みじゃなきゃよ」

鯨組の大工衆は上機嫌で出ていった。

「ありがたく存じます」

勘定場でおはるが笑顔で頭を下げた。

「けんちん汁が五臓六腑《ごぞうろっぷ》にしみわたるな」

座敷に陣取った境川不二が言った。

「いつもながら具だくさんで」

「身の養いにもなりそうです」

門人たちの箸が動く。

人参、大根、蒟蒻《こんにゃく》、豆腐《とうふ》、里芋《さといも》、葱《ねぎ》……。

晴やのけんちん汁は具だくさんだ。胡麻《ごま》油で炒めているから、いい香りがする。

「煮魚うまし汁もうましや晴やの中食……字余り」

顎鬚《あごひげ》を生やした総髪《そうはつ》の男が上機嫌で言いながら勘定場へ向かった。

講釈師の大丈《だいじょう》だ。

晴やの常連で、腹ごしらえをしてから繁華な両国橋《りょうごくばし》の西詰などに繰り出し、長講釈で人を引きつけている。

「ありがたく存じました……あ、起きちゃった」

おはるがおるみを見た。

大丈の顔を見たせいか、たちまち泣き顔になる。

「おお、すまぬすまぬ」

講釈師が大仰なしぐさでわびたから、晴やに笑いがわいた。

二

中食の波が引いても、晴やの厨は忙しい。

惣菜《そうざい》も人気だ。

裏手の長屋ばかりでなく、近在の女房衆がいくたりも鉢や丼を手にして買いにきてくれる。おかげで、大鉢に盛られた惣菜がさほどかからずに売り切れることもあった。

今日は卯《う》の花《はな》、金平牛蒡《きんぴらごぼう》、ひじきと油揚げと大豆の煮物、それに、三河島菜《みかわしまな》の胡麻和《あ》えをつくった。どれも素朴な料理だが、味つけが濃からず薄からずちょうどいい塩梅《あんばい》で、飯のおかずにも酒の肴《さかな》にもいいともっぱらの評判だ。

「今日はひじきをもらっていくわ。うちの人が好物だから」

手伝いのおそのが笑みを浮かべた。

「なら、わたしも」

惣菜だけ買いに来たおたきが右手を挙げた。

晴やに助けられた女で、いまはすっかりいい顔つきになっている。

「これ、駄目よ」

惣菜の大鉢が並んでいる一枚板の席にひょいと飛び乗った黒猫に、おはるが声をかけた。

晴やの看板猫の黒兵衛《くろべえ》だ。

赤い首紐《くびひも》に鈴をつけている。いつのまにか居ついて飼うことになった猫だが、すっかり慣れて客から可愛がられている。

「はい、下りようね」

おまさが黒猫の首筋をつかんで土間に下ろした。

鈴が涼やかな音を立てる。

女房衆の惣菜の波が去ると、家主の杉造《すぎぞう》がやってきた。

このあたりに長屋をいくつも持っている顔役で、困っている店子《たなこ》からは無理に店賃を取らない人情家主だ。もうかなりの歳《とし》だが矍鑠《かくしゃく》としており、腰も曲がっていない。

「機嫌よさそうにしているね」

おるみを見て、家主が笑顔で言った。

「ええ。あさっては二幕目にお食い初《ぞ》めの儀をすることに」

おはるが伝えた。

「もう生まれて百日になるのかい。早いものだね」

杉造は少し驚いたように言った。

生まれて百日目にお食い初めの儀式をする風習は当時からあった。

「ええ、あっという間で」

おはるのほおにえくぼが浮かんだ。

笑うと左のほおにだけ小さなえくぼが浮かぶ。

「長老役は決まっているのかい」

家主が問うた。

「わたしの父がつとめることになっています」

厨から優之進が答えた。

「ああ、それは適役だね」

杉造が笑みを浮かべた。

優之進の父の吉塚左門《よしづかさもん》は元定廻り同心だ。早めに隠居をした左門は、好々爺《こうこうや》というほどの歳でもないが、よろずの趣味を楽しみながら暮らしている。

一方、おはるの父の十文字格太郎《じゅうもんじかくたろう》はいまなお隠密《おんみつ》廻りとしてつとめに精を出している。

いまはおはるという町場の名だが、もとの名は十文字晴乃《はるの》だ。

「お義父《とう》さんは楽しみにされているようで」

おはるが言った。

「調子に乗って義太夫《ぎだゆう》とかうならなきゃいいけど」

と、優之進。

「そりゃ泣きだしちまうね。呑ませすぎないようにしないと」

人情家主がそう言ったから、晴やに和気が漂った。

三

あっという間にお食い初めの日が来た。

晴やの前にはこんな貼り紙が出た。

けふの中食

みそ煮込みうどん
豆とひじきのたき込みごはん
大根菜ごまあへ　香のもの
三十食かぎり　三十文
二幕目のおざしきはお食ひぞめのためかしきりです
晴や

「おっ、今日はお食い初めかい」

河岸《かし》で働くなじみの男が言った。

「ここの子のか？」

つれが問う。

「そりゃそうだろう。ちょうどそれくらいじゃねえか」

すぐ答えが返ってきた。

「まあ何にせよ、中食だな」

「おう、味噌《みそ》のいい匂いがしてるぜ」

男たちはさっそくのれんをくぐってきた。

手間がかかるうどんはたまにしか出さないが、いたって好評だ。

うまくなれ、うまくなれ……。

そう念じながら、優之進が気を入れて打ったうどんは、こしがあってのど越しもいい。

ことに、冬場の味噌煮込みうどんは評判がよかった。

江戸《えど》味噌や仙台《せんだい》味噌などをまぜ、だしでのばしてこくのある汁にする。いくたびも舌だめしをしてつくりあげた自慢の汁だ。

具は大ぶりの海老《えび》天、椎茸《しいたけ》、蒲鉾《かまぼこ》、油揚げに葱《ねぎ》。うどんもいたって盛りがいいから、これだけでも腹にたまる。

「うどんだけでも食いでがあるのに、炊き込みご飯までついてるからよ」

「ひじきと大豆だから、身の養いにもならあ」

「胡麻和えもうめえぜ」

河岸の男たちの箸が小気味よく動く。

そんな調子で中食が進んでいたとき、定廻り同心がいなせにのれんをくぐってきた。

「あら、猛《たけ》さん。何かあったんですか？」

勘定場のおはるがたずねた。

「いや、今日は腹ごしらえに来ただけだ。食ったら京橋《きようばし》と日本橋《にほんばし》を廻る」

猛さんと呼ばれた男はそう言うと、軽く手刀を切って一枚板の席に腰を下ろした。

優之進の従兄《いとこ》の吉塚猛兵衛《たけべえ》だ。もとは綱島《つなしま》姓だったが、優之進がわけあって返上した十手を継ぎ、左門の養子になって定廻り同心のつとめを張り切ってこなしている。

「今日はことにうまいんで」

優之進が厨から言った。

「おう、たまには中食も食わなきゃな」

猛兵衛は笑顔で答えた。

三つ年上だから、優之進にとっては兄のようなものだ。

「二幕目はお食い初めで」

おはるが言う。

「ご隠居は楽しみにしてたぜ」

猛兵衛が答えた。

ご隠居とは左門のことだ。

「お待たせしました」

手伝いのおそのが膳《ぜん》を運んできた。

「おう、来た来た。さっそく食うぜ」

猛兵衛が箸を取った。

「いきなり海老天はもったいねえな」

定廻り同心が言った。

「うちらと一緒ですな、旦那《だんな》」

座敷の先客が言った。

常連の桐板づくりの職人衆だ。晴やがあるのは大鋸町《おがちょう》だが、その名が表すように、この界隈ではいくたりも職人が暮らしている。

「もう食っちまいましたが」

「海老天だけ残すやつはいねえんで」

弟子たちも言う。

「そりゃ、しばらく拝んでから食ったほうがありがたみがあるからな」

猛兵衛がそう言って、まずうどんを口に運んだ。

「こしがあってうめえ」

満足げな笑みが浮かぶ。

ほどなく、桐板づくりの職人衆が腰を上げた。

「そろそろ、行っちまってくだせえ、旦那」

親方の辰三《たつぞう》が海老天のほうを手で示した。

「おう、食おうと思ってたんだ」

定廻り同心はそう言うと、大ぶりの海老天をわしっとかんだ。

「……うめえな」

声がもれる。

その満足げな顔を見て、勘定場のおはるの顔にも笑みが浮かんだ。

四

「一枚板の席は空いてるかい？」

常連がそう言いながらのれんをくぐってきた。

日本橋通《とおり》二丁目の書物問屋、山城屋《やましろや》の隠居の佐兵衛《さへえ》だ。

「ええ、空いております」

おるみをあやしながら、おはるが笑顔で答えた。

「なら、これから相模屋《さがみや》さんと一献《いっこん》」

佐兵衛は一緒に入ってきた男を手で示した。

「このたびは、お食い初め、おめでたいことで」

血色のいい男が頭を下げた。

地本《じほん》問屋の相模屋の七之助《しちのすけ》だ。山城屋は経典などのかたい書物、相模屋は読本や草双紙や人情本などのやわらかめのもの、同じ書物でも扱うものは異なるが、見世《みせ》が近い隠居仲間でかねて懇意にしている。どちらも晴やにとってはありがたい常連だ。

「ありがたく存じます」

おはるが頭を下げた。

「風が冷えるねえ」

佐兵衛が少し首をすくめた。

「あたたかい味噌煮込みうどんができますが」

厨から優之進が言った。

「ああ、中食がそうだったんだね。お客さんから聞いたよ」

七之助が笑みを浮かべた。

「相模屋さんは繁盛しているから、すぐそういった知らせが伝わるね」

山城屋の隠居が言った。

「なに、玉山堂《ぎょくざんどう》さんと違って、利の薄いあきないなので」

地本問屋の隠居が笑みを浮かべた。

玉山堂は山城屋の屋号だ。寺に経典を納めたりすると、それだけで大きなあきないになる。

「空いてるから、おまえも座りなさい」

佐兵衛がお付きの竹松《たけまつ》に言った。

「はい、なら、端《はし》っこに」

手代《てだい》は遠慮がちに腰を下ろした。

ほどなく、三人分の味噌煮込みうどんができた。

「手前の分まで、相済みません」

竹松が恐縮して言った。

「なに、その分気張ってもらうから」

佐兵衛が笑みを浮かべた。

「書物の持ち運びは年寄りにはつらいので、若い者に気張ってもらわないと」

七之助はそう言って、味噌がよくからんだうどんを口中に投じ入れた。

「気張ってやります」

手代は頭を下げてから箸を取った。

ここで外で人の気配がした。

「あっ、見えたかしら」

おはるがのれんのほうを見た。

お食い初めの長老役、吉塚左門が悠然と姿を現した。

五
「得意先廻りの前に腹ごしらえで」

山城屋佐兵衛がそう言って、味噌煮込みうどんを胃の腑《ふ》に落とした。

「長老のお役目、ご苦労さまでございます」

相模屋七之助が頭を下げた。

「そういう役目なら、毎日でも大丈夫だよ」

左門が笑って答えた。

「一生に一度ですから、父上」

支度をしながら、優之進が言った。

町場の料理人になったが、呼び方は同心のときと同じだ。

「大きくなったら憶《おぼ》えていないだろうがな」

と、左門。

「憶えていたらびっくりですよ、お義父さん」

おはるが笑みを浮かべた。

「まずは上がってください。膳《ぜん》を運びますので」

優之進が言った。

「では、そうしよう」

左門は座敷に上がり、すでにしつらえられていた長老の席に腰を下ろした。

優之進が膳を運ぶ。

紅白の水引《みずひき》をかけた焼き鯛《だい》。祝いごとには欠かせない赤飯。それに、吸い物と煮物の椀も載っている。

「こちらが神社からいただいてきた歯固めの石で」

おるみを優之進に託してから、おはるは円《まる》い皿に入れたものを運んだ。

「それはきっと強い歯になるね」

佐兵衛が言う。

「わたしらはもう遅いけれど」

七之助がそう言って、また味噌煮込みうどんを胃の腑に入れた。

ややあって、一枚板の三人の腹ごしらえが終わった。

「では、ごゆっくりどうぞ」

「お先に失礼しますので」

二人の隠居が左門に言った。

「ゆっくりしていってください。こっちはこっちでやるので」

左門が引きとめる。

「いやいや、得意先廻りもあるので」

佐兵衛が軽く右手を挙げた。

「隠居の身でも働かされてます」

七之助が笑った。

そんな調子で、一枚板の席の客が去った。

いよいよお食い初めの儀式が始まった。

六

歯固めの石に箸の先をちょんとつけ、おるみの口の中にそっと触れる。

このあたりから、丈夫な歯が生えてくるようにという儀式だ。

だが……。

赤子にとってみればつねならぬことだ。嫌だったらしく、おるみはやにわに泣きだした。

「おお、よしよし」

左門はうろたえた様子になった。

「それで大丈夫でしょう、父上」

優之進が言った。

「さ、こっちへいらっしゃい」

おはるが両手を伸ばした。

「すまんな」

左門が慎重に赤子を渡した。

「はいはい、もう終わったからね」

おはるがおるみをあやす。

「あとはゆっくり召し上がっていってください、父上」

優之進が膳を手で示した。

「赤子の代わりに食ってやろう」

左門はそう言うと、さっそく焼き鯛に箸を伸ばした。

「今日は貸し切りですので」

おはるのほおにえくぼが浮かんだ。

「一人で食うのも寂しいがな」

左門が苦笑いを浮かべた。

ここで、黒兵衛が鈴を鳴らしてひょいと座敷に飛び乗った。

「お供しますと」

おはるが笑う。

「そうか。なら、鯛をちょいと分けてやろう」

左門が言った。

それを聞いて、優之進が取り皿を運んだ。

「おまえは兄貴分だからな」

左門はそう言って、ほぐした鯛の身を取り皿に盛って猫に差し出した。

晴やの看板猫はたちまちはぐはぐと食べはじめた。

「よかったわね、黒兵衛」

いつのまにか泣きやんだおるみを抱っこして、おはるが言った。

わが子のあたたかみが、今日はことに嬉しく感じられた。

第二章　一本揚げと煮奴《にやっこ》

一

夜廻りの拍子木《ひょうしぎ》の音が遠くで響いている。
おはるはふと目を覚ました。
ふっ、と一つ息をつく。
おるみの寝息が聞こえた。
夜泣きもするが、いまは安らかな寝息だ。
おはるは手を伸ばした。
小さな手に触れる。
たしかなぬくもりが伝わってきた。

「……起きてるのか」

優之進の声が響いてきた。

「いま、目が覚めて」

おはるは答えた。

「そうか」

優之進は短く答えた。

「お食い初めまで終わったわね」

おはるは言った。

「そうだな。石段を、一つ上った」

眠そうな声で、優之進は言った。

「これからも、石段を一つずつ上っていければ」

感慨をこめて、おはるは言った。

子育てを石段になぞらえれば、まだ見られていない景色がある。

優之進の返事はなかった。

ほどなく、寝息が聞こえてきた。

「おやすみなさい」

小声で言うと、おはるも目を閉じた。

だが……。

妙に頭の芯がさえて、すぐ眠れそうになかった。

まぶたの裏に、ある面影が浮かんだ。

それは、石段をほんの少し上っただけで死んでしまったわが子の顔だった。

二

初めて授かった子には晴美《はるみ》と名づけた。

当時は晴乃という名だったおはるに面差《おもざ》しが似ていたから、一字を採ったのだ。

晴美は順調に育った。

這《は》い這いをし、つかまり立ちをし、やがてよちよちと歩きだした。晴乃と優之進は笑顔でそのさまを見守った。

言葉も発するようになった。

いたいけな娘は、

「ちちうえ」

と、言った。

「ははうえ」

とも言えるようになった。

そんな娘の成長を、晴乃も優之進もことのほか喜んだ。

しかし……。

陽《ひ》はだしぬけに翳《かげ》った。

文化十三年（一八一六）の四月ごろから、恐ろしい病《やまい》が江戸ではやりだした。

疫痢《えきり》だ。

あっという間にいけなくなってしまうため、「はやて」とも呼ばれるこの病に、あろうことか晴美も罹《かか》ってしまった。

ちちうえ、ははうえ……。

そうしゃべるようになった娘は、たった一年半この世で生きただけで、天《そら》へと還《かえ》っていった。

晴乃と優之進は深い悲しみに沈んだ。

だが……。

悲しい出来事はそれだけではなかった。

優之進が十手を返上する決心をする、ある重い出来事があった。

三

町方の定廻り同心として、優之進は目覚ましい働きを見せた。

勘ばたらきに秀《ひい》で、つとめに邁進《まいしん》する優之進は、数々の悪者をお縄にした。

しかし、それがかえって仇《あだ》になった。

功を立てたことが陽だとすれば、陰もまた如実《にょじつ》にあった。亭主の裏の顔を知った女房が世をはかなんで命を絶ってしまったこともある。なんとも後生《ごしょう》の悪い出来事だ。

そればかりではない。なかには優之進を逆恨《さかうら》みをする者までいた。

稲妻《いなずま》の銀次《ぎんじ》という悪名高い巾着《きんちゃく》切りをお縄にしたときもそうだった。罪を重ねたせいで銀次が死罪に処せられたことを恨んだ情婦は、刃物を手にして八丁堀《はっちょうぼり》の吉塚家へ押し入った。

折あしく、そこに晴乃がいた。

晴美を亡くしたあと、ややあって晴乃はまた身ごもった。晴美の生まれ変わりかもしれないから、無事に産んで、今度こそ大きくなるまで育てあげたい。そう念願した。神信心もした。

だが……。

その願いはついえた。

刃物を持って乱入してきた女に驚き、あわてて逃げようとしたとき、晴乃は倒れて腹をしたたかに打った。

長年つとめてくれていた小者《こもの》が身を挺《てい》して助けてくれたおかげで、晴乃が刺されることはなかったが、おなかの子は不憫《ふびん》にもいけなくなってしまった。

吉塚家は、またしても深い悲しみに包まれた。

四

拍子木の音が、またかすかに聞こえた。

ああ、舟が出るわ……。

おはるはそう思った。
舟には晴美が乗っている。この世に生まれることができなかったわが子もいる。
行き先は、浄土《じようど》だ。

皆々様よ　お別れよ
いついつまでも　お達者で

顔の見えない船頭が唄《うた》う。
嫋々《じようじよう》たる唄声だ。

われらは浄土へ　参ります
生まれ変わって　いま一度
逢《あ》いたきものや　お母様

ここで合いの手が入った。

懐かしい声が、耳の奥で鳴った。

ははうえ……

ちちうえ……

晴美の声だ。

行ってらっしゃい。

そして、いつか戻っておいで……。

夢うつつのままに涙を流しながら、おはるはわが子に語りかけた。

五

「毎度ありがたく存じました」

おはるの明るい声が響いた。

翌日の中食の勘定場だ。

「おう、うまかったぜ」

「ちょうどいい焼き加減でよ」

食べ終えた客が笑顔で言った。

楓川《かえでがわ》の河岸で働く男たちだ。いくらか歩くが、ありがたいことにちょくちょく通ってくれる。

今日の中食の顔は寒鰤《かんぶり》の照り焼きだった。その名のとおり、寒さが厳しい時季にうまくなる。

これに具だくさんのけんちん汁と茶飯と小鉢がつく。盛りがいいから、体を動かすなりわいの客にも好評だ。

「また来るぜ、看板娘」

客の一人が、おはるが抱いたおるみに声をかけた。

「またよろしゅうに、って」

おはるが言う。

ゆうべ、あんな夢を見たあとだから、わが子のあたたかさがことのほかありがたい。

「まだ無理だよな」

「またうめえもんを食わせてくんな」

気のいい男たちが口々に言った。

「気張ってつくりますんで」

厨で手を動かしながら、優之進が言った。

「おう、頼むぜ」

「晴やで食ったら力が出るからよ」

客の一人が力こぶをつくった。

「ありがたく存じます」

おはるの声がまた明るく響いた。

その後も膳は次々に出た。

「寒鰤もよいが、また寒鰈《かんがれい》の煮つけなども食いたきものだな」

今日も門人たちを連れて食べにきてくれた境川不二が言った。

「『寒』がつく魚はどれも美味ですから」

「寒鰡《かんぼら》もありますな」

門人たちが言う。

「では、次はまた寒鰈の煮つけの膳で」

優之進が厨から言った。

「美味なるや寒鰤寒鯔寒鰈……今日はほぼ字余りなし」

講釈師の大丈が上機嫌で言う。

そんな調子で、晴やの中食は滞《とどこお》りなく売り切れた。

六

二幕目になった。

いつものように、惣菜の大鉢をいくつか出した。

卯の花、金平牛蒡、高野豆腐《こうやどうふ》、大根菜の胡麻和え、ひじきと油揚げの煮つけ……どれもほっとする味だ。

惣菜を求める女房衆の波が引いたところで、二人の男がのれんをくぐってきた。

「まあ、父上に、長井《ながい》さま」

おはるが驚いたように言った。

父の十文字格太郎は隠密廻り同心だから、見廻りの途中に折にふれて立ち寄ってくれるが、長井半右衛門《はんえもん》与力《よりき》と一緒なのは珍しい。

ちなみに、晴乃から名を改めて町場に入ったが、呼び名を「おとっつぁん」にするのもしっくりこないから「父上」と呼ぶようにしている。

「まだつとめがあるから、茶で」

格太郎は軽く右手を挙げた。

「おれは熱燗《あつかん》をもらおう。肴は何ができる」

一枚板の席に座った長井与力がたずねた。

「中食の顔だった寒鰤の照り焼きがまだできます。穴子《あなご》の天麩羅《てんぷら》も」

優之進が答えた。

「一本揚げか」

長井与力が問う。

「さようです」

優之進は笑みを浮かべた。

「なら、くんな」

長井与力は身ぶりをまじえた。

「承知しました」

優之進はすぐさま答えた。

茶が出た。

おはるはおるみを抱っこしているから、優之進が運んだ。

「まだまだ手がかかるから大変だな」

湯呑みを受け取った格太郎が言った。

「ええ。まだお食い初めが終わったばかりで」

と、優之進。

「お義父《とう》さまに長老役をやっていただいて」

おはるが笑みを浮かべる。

「そりゃ適役だ」

格太郎は笑みを返すと、茶をうまそうに啜《すす》った。

「何にせよ、楽しみだな」

長井与力が言った。

ほどなく、熱燗が出た。

「なら、ついだらまたつとめに」

隠密廻り同心が銚釐《ちろり》をつかんだ。

「おう、頼む」

長井与力が渋く笑った。

七

穴子の天麩羅が揚がった。

見事な一本揚げだ。

「おう、こりゃ豪儀だな」

運ばれてきたものを見て、長井与力が笑みを浮かべた。

「合う皿を見つけるのに苦労しました。だいぶはみ出ていますが」

優之進が言った。

細長い皿の上に、まっすぐ揚がった穴子の一本揚げが載っている。

「天つゆをどうぞ」

おるみを抱っこ紐に入れたおはるが盆を運んできた。

「なら、さっそく食おう」

長井与力が箸を取った。

まず一本揚げをつかんで天つゆにつけ、がぶりと食す。

「うん、うめえ」

その名のとおり、長い顔がほころんだ。

優之進が酒をつぐ。

「おう」

猪口《ちょく》の酒をくいと呑み干すと、かつての上役は優之進の顔を見た。

「どうだ。例の話は、気が変わったりはしねえか」

長井与力が問うた。

「例の話と申しますと？」

優之進はとぼけて問うた。

「あそこに十手を飾るっていう話だ」

長井与力は神棚を箸で示した。

定廻り同心として数々の功を立ててきた優之進の腕を惜しんで、町方の十手を預かってくれないかという話があった。優之進ばかりでなく、おはるにも勘ばたらきの鋭いところがある。晴やに十手を預け、町場の関所めいたものにしたいというのが長井与力の意向だった。

「料理人には、包丁がいちばん似合いますから」

優之進は渋く笑った。

「十手は持ちたくねえってわけか」

長井与力はそう言うと、穴子の一本揚げをまたさくっと嚙《か》んだ。

「いい思い出ばかりではないので」

優之進は答えた。

「うちは心の関所で」

おはるが助け舟を出した。

「これからも、心の十手でしたら持たせていただきますので」

優之進が引き締まった顔つきで言った。

「なら、仕方ねえや。無理強《じ》いはできねえ。頼むぜ」

長井与力はあきらめたように言うと、おはるがついだ酒を呑み干した。

おはるの顔に安堵《あんど》の色が浮かんだ。

八

翌日の二幕目――。

座敷には三人の男が陣取っていた。

元廻り方同心でいまは楽隠居、優之進の父の吉塚左門。その碁敵《ごがたき》で、看板薬の實母散《じっぽさん》で有名な喜谷《きだに》家の隠居の新右衛門《しんえもん》。それに、町狩野《かのう》の絵師の狩野小幽《しょうゆう》だ。

「冬場はこれがあたたまるな」

左門がそう言って、煮奴《にやっこ》に息を吹きかけてから口中に投じた。

「五臓六腑にしみわたります」

喜谷新右衛門が言った。

隠居とはいえ、長年培ってきた顔がある。血の道から産前産後まで、万能の名薬と言われる實母散の得意先廻りをいまもつとめているから血色がいい。

「豆腐と葱をだしで煮ただけなのに、実においしいですね」

総髪の画家が笑みを浮かべた。

数ある狩野家のなかではいたって傍流だが、寺の襖絵《ふすまえ》などのつとめに励んでいる。似《に》面《づら》の腕も折り紙付きで、町方にも力を貸してきた。

「豆腐屋さんがいい品を入れてくださっているので」

優之進が厨から言った。

「いや、だしがいいんですよ」

新右衛門はそう言うと、豆腐をまた匙《さじ》ですくって口中に投じ入れた。

「あんまりおだてると増上慢《ぞうじょうまん》に陥るからな」

息子のほうをちらりと見て言うと、左門は猪口の酒を呑み干した。

「これから三番屋《さんばんや》さんですか？」

おはるが問うた。

「そうだ。酒が入っていたほうが手が見えるから」

左門は笑みを浮かべた。

京橋の目立たないところに三番屋という見世があり、碁と将棋《しょうぎ》と双六《すごろく》を楽しむことができる。座敷しかない造りで、茶のほかに汁粉《しるこ》や団子は出るが酒肴《しゅこう》はない。三人はそこの常連でもあった。

木枯《こがら》しの音が聞こえた。

外では師走《しわす》の冷たい風が吹いている。

おはるは髷《まげ》に手をやった。のれんと同じ柑子色のつまみかんざしに付けた、南天《なんてん》の実をかたどった飾りがふるりと揺れる。

ふと胸さわぎがした。

優之進のほうを見る。

「どうかしたか？」

それと察して、優之進が訊《き》いた。

「ええ、ちょっと……」

おはるは胸に手をやった。

そのしぐさを見て、優之進が動いた。

元同心にもひらめくものがあったのだ。

急いで表へ出る。

その目に飛びこんできたものがあった。

晴やの前で、一人の若者が倒れていた。

第三章　けんちん汁と玉子粥《がゆ》

一

「大丈夫か」

優之進が駆け寄った。

「行き倒れですか？」

あわてて飛び出してきた狩野小幽が問うた。

「分からぬ」

つい武家言葉で答えると、優之進は若者を助け起こした。

「しっかりしろ。どうした」

身を揺すりながら問うと、若者ははっと我に返った。

ただし、身を起こすことはできない。

「どうだ」

左門も近づいてきた。

喜谷新右衛門も気づかわしげに見守る。

晴やの入口でやにわに泣き声が響いた。

おるみが目を覚ましたのだ。

「はいはい、いい子ね」

おはるがあわててあやす。

「とにかく、中へ」

優之進が言った。

小幽と左門も手を貸し、前で倒れていた若者を晴やの中へ運び入れた。

「熱があるな」

優之進が気づいて言った。

「医者を呼びましょうか」

小幽が問うた。

「玄庵《げんあん》先生なら近いので」

新右衛門が言った。

「ああ、診療所は分かります」

絵師が答えた。

遠からぬ京橋には評判のいい医者が多い。世話になった産科医の志垣幸庵《しがきこうあん》もそうだが、本道（内科）の杉久保《すぎくぼ》玄庵も名医として評判が高かった。

「先生が往診に来てくださるかどうかは分からないが、あそこはお弟子さんの腕もいいからね」

左門が言った。

「なら、ひとっ走り行ってきます」

小幽が右手を挙げた。

「頼みます。いまは動かせないので」

優之進がすぐさま答えた。

「承知で」

小気味よく答えると、総髪の絵師は晴やから出ていった。

二

「お座敷にお布団《ふとん》を運びましょうか」

おるみを抱いたおはるが言った。

「赤子にうつったら大変だぞ」

左門も優之進に言う。

「そうですね。今日は早じまいで」

優之進は答えた。

さっそくのれんがしまわれた。座敷に布団が敷かれる。

新右衛門も手を貸し、若者を寝かせた。

「冷やしたほうがいい」

左門が言った。

「いま井戸水を」

優之進がすぐさま動いた。

熱のせいで顔が赤く、息づかいもやや荒いが、若者の目にはたしかな光が宿っていた。

「お名前は？」

支度が整うまでのあいだに、おはるがたずねた。

「……紋吉《もんきち》」

若者はかすれた声で答えた。

「住まいはどこだ」

今度は左門がたずねた。

「上州《じょうしゅう》から、出てきたばかりで……」

紋吉はそこまで言うと、二度、三度と咳《せ》きこんだ。

「よし、これを載せよう」

井戸水につけて絞った手拭《てぬぐ》いを手に、優之進が座敷に上がった。

「お医者さんも来ますから、しっかり」

おはるが励ます。

紋吉は小さくうなずいた。

ややあって、二人の男が晴やに姿を現した。

十手持ちの韋駄天《いだてん》の市蔵《いちぞう》と、その手下の三杯飯《さんばいめし》の大吉《だいきち》だ。

「そうかい、行き倒れかい」

いきさつを聞いた市蔵が言った。

「だいぶ痩せてるな。飯は食ってるのかい」

大吉が問うた。

元は相撲取りで、いまもその名のとおりの大食漢だから腹がせり出している。

「銭が、あんまり……」

紋吉は弱々しい声で答えた。

「食わなきゃ駄目だ。何かつくってもらえ」

左門が言った。

「けんちん汁ができるが、どうだ」

優之進が水を向けた。

「具だくさんで、身の養いになりますよ」

おはるが笑みを浮かべた。

「まずは胃の腑に何か入れないと」

新右衛門が気づかわしげに言う。

「へえ」

若者は小さくうなずいた。

「いまあたためる。中食の分が残ってるから」

優之進はさっそく手を動かしだした。

今日の中食は、寒鰈の煮つけとけんちん汁の膳だった。これに大根菜のお浸しと香の物がつく。けんちん汁の椀は持つとずっしりと重い。

「おめえさん、上州から出稼ぎに来たのかい」

市蔵がたずねた。

「旅籠《はたご》が……」

紋吉は弱々しく答えた。

「旅籠がどうしたんだい」

十手持ちは勢いこんで問うた。

「まあそのあたりは、ひと息ついてからでいいだろう」

左門が言った。

「ああ、そうすね」

市蔵はすぐ引き下がった。

ほどなく、けんちん汁ができた。

「お待たせいたしました」

おはるが盆を運んだ。

おるみは優之進が抱っこする。

「さあ、身を起こして」

「おいらも手を貸しまさ」

大吉が助けに出た。

二人がかりで身を起こすと、紋吉はまたふっと息をついた。

「さあ、どうぞ」

おはるが椀を置く。

「ありがてえ」

紋吉は軽く両手を合わせると、さっそく椀を手に取り、けんちん汁を啜《すす》った。

ほっ、と一つ太息をつく。

五臓六腑、いや、心の奥底にしみわたるかのようだった。

具を炒めてから投じ入れているためか、かすかに胡麻油の香りがした。

その香りをかいだとき、若者の胸にもろもろの思いがこみあげてきた。

目尻からほおにかけて、つ、と水ならざるものが伝い落ちていく。

「具も食え」

左門がうながした。

「へえ」

紋吉の箸が動く。

人参、大根、蒟蒻、里芋、葱、豆腐、油揚げ……。

どれから食すか箸が迷うほどだ。

紋吉は少し迷ってから人参をつまみ、口中へ投じ入れた。

「うめえか」

市蔵が問う。

紋吉は二度、三度とうなずいた。

さらに汁を啜る。

また息がもれた。

「おいしいですか？」

おはるがやさしく問うた。

「いままでで、いちばんうめえ汁で」

感慨深げに答えると、紋吉はまた箸を動かした。

その様子を見て、晴やの夫婦は互いに目くばせをした。

三

かなり時をかけて、紋吉はけんちん汁を平らげた。

「命が……つながったみたいだんべ」

上州から出てきた若者が言った。

「いのち汁だな」

左門が笑みを浮かべる。

「なら、また横になっていてください」

おはるが身ぶりをまじえた。

「へえ」

紋吉はゆっくりと動いて、布団であお向けになった。

黒兵衛が鈴を鳴らして座敷に上がった。

気づかわしげに近づき、紋吉の手の匂いをかぐ。

「猫はお嫌では?」

おはるが問うた。

「沼田《ぬまた》の旅籠でも、前に飼ってたんで」

紋吉は答えた。

「さようですか」

おはるのほおにえくぼが浮かんだ。

「上州の沼田で旅籠をやっていたと?」

優之進が問うた。

「へえ。おとうが中風《ちゅうふう》で死んじまって、おかあも足を悪くして、おいらの力じゃまだできねえんで、いったん閉めて、江戸で……」

そこまで言ったところで、紋吉は咳《せ》きこんだ。

だんだんいきさつが読めてきた。

「江戸で稼いで、旅籠を立て直そうと思ったわけだな」

左門が言う。

「へえ……それで、気張りすぎて」

紋吉の眉間《みけん》にしわが浮かんだ。

「まずは養生をすることだな」

市蔵親分がそう言ったとき、駕籠屋《かごや》の掛け声が響いてきた。

「あ、お医者さまが」

おはるが様子を見に出た。

駕籠の脇を、小幽がいささか大儀そうに並走している。

おはるに気づいた絵師が右手を挙げた。

「ご苦労さまでございます」

おはるが頭を下げた。

駕籠が止まった。

中から下り立ったのは、医者の弟子ではなかった。

往診に来てくれたのは、杉久保玄庵その人だった。

四

「風邪《ふうじや》と身の疲れから来た熱ですね。煎《せん》じ薬を出しておきましょう」

玄庵が落ち着いた声音《こわね》で言った。

遠からぬところに往診の患者が住んでいたため、幸いにも先に立ち寄ってくれた。診療所は弟子に任せているらしい。

「ならば、大禍《たいか》はなさそうですね、先生」

左門が言った。

「あたたかくして休み、身の養いになるものを胃の腑に入れておれば、おのずと本復するでしょう。では、これにて」

短い顎鬚を生やした医者が腰を上げた。

「ありがたく存じました」

おはるが労をねぎらう。

「助かりました。ありがたく存じます」

優之進も深々と頭を下げた。

「どれ、そろそろ行くかね」

医者が出たあと、左門が言った。

「ええ。ちょっと遅れたけれど、三番屋へ」

絵師が笑みを浮かべた。

「双六《すごろく》でいい目を出しますぞ」

喜谷新右衛門が賽《さい》を振るしぐさをした。

「おれらはつとめだな」

韋駄天の市蔵が手下に言った。

「へい。飯はまた改めて」

三杯飯の大吉が答えた。

「ご苦労さまでございます」

「またお待ちしております」

晴やの夫婦の声がそろった。

ほどなく、入れ替わるようにいくたりか人が入ってきた。

行き倒れさわぎを聞きつけた家主の杉造と、長屋の女房衆、それに、錺職《かざりしょく》の平太《へいた》も顔を見せた。小回《こ》りの利く気のいい男で、居職《いじょく》だからいつも長屋にいる。おはるのお産のときにも力を貸してくれた。

「あっ、寝ているんだね」

座敷を見て、家主が言った。

煎じ薬をのんだ紋吉は寝息を立てていた。その額《ひたい》には、井戸水につけて絞った手拭いが載せられている。

「なら、動かさねえほうがいいっすね」

平太が言った。

「今日はもう見世じまいなので」

おるみをあやしながら、おはるが言った。

「ひと晩寝て、様子を見てからがいいでしょう」

晴やを手伝っているおまさが言った。

「いま動かすわけには」

一緒に来たおたきも和す。

「長屋に空きはあるからね。ひと息ついたら、そちらへ移ってもらおう」

杉造が段取りを整えた。

「布団とかは長屋に余りがあるだろうから」

平太も言う。

「では、今夜はゆっくり休んでいただいて」

と、おはる。

「そうだね。精のつくものを胃の腑に入れて」

家主が表情をやわらげた。

「玉子粥《がゆ》をつくるつもりです」

優之進が言った。

「そりゃあ、いいや」

平太が真っ先に言った。

そんな調子で、話がまとまった。

五

「なら、先に寝ます」

おるみを抱っこしたおはるが言った。

「ああ、目を覚ましたら玉子粥と汁を出して、火を落としてから寝ることにする」

優之進が答えた。

「頼みます」

おはるは笑みを浮かべた。

「眠そうだな。ゆっくり寝ろ」

優之進はおるみに声をかけた。

「おまえも来る？」

紋吉の布団の端でまるまっている黒兵衛に向かって、おはるは言った。

「病人だから、添い寝をしてやれ」

と、優之進。

「みゃ」

分かったとばかりに、黒兵衛が短くないた。

「そう。なら、お願いね。おやすみなさい」

おはるはそう言って、おるみとともに下がっていった。

いくらか経《た》った。

冬の闇が濃くなった。

木枯しの音が聞こえる。まもなく年が改まる厳冬の風はことに冷たい。

手拭いを替えてやることにした。

「熱はだいぶましになってきたな」

優之進がそう独りごちたとき、紋吉が続けざまに瞬《まばた》きをして目を覚ました。

行灯《あんどん》に火が入っている。どうにか表情を読み取ることができた。

「ここは……」

若者の目が動いた。

「江戸の大鋸町の晴やという見世だ。今夜はこの座敷でゆっくり休め」

優之進が穏やかな声音《こわね》で言った。

「江戸の……」

紋吉はまた瞬きをした。

「そうだ。旅籠を立て直すべく上州から出てきて、気張りすぎてうちの前で行き倒れてしまった。まずは身を休めて病を癒すことだ」

優之進は言った。

「へえ」

いきさつを思い出したらしい紋吉は小さくうなずいた。

「玉子粥ができるぞ。食うか？」

優之進は水を向けた。

「……いただきまさ」

紋吉は少し間を置いてから答えた。

ほどなく、玉子粥ができた。

「さ、身を起こせ」

優之進が手を貸す。

紋吉はふっと息をついた。

「どうだ、熱は」

優之進が気づかう。

「寝たら、だいぶ楽に」

紋吉は答えた。

「そうか。この玉子粥を食えば、なお楽になるぞ。さあ、食え」

優之進は匙で粥をすくい、紋吉の口もとへやった。

晴やの前で倒れていた若者が胃の腑へ落とす。

「……うめえ」

声がもれた。

「おのれで食えるか？」

優之進が問うた。

「へえ」

紋吉はそう答えて匙を手に取った。

匙を動かす。

ひと口、ふた口……。

その動きはしだいに速くなっていった。

「玉子は身の養いになる。この調子なら、二、三日すれば本復するだろう」

優之進が言った。

「ずっとここにいるわけにも……」

紋吉は匙を止めた。

「案ずるな。家主さんが長屋の空き部屋を世話してくださる手筈《てはず》になっている。ひと晩寝て朝餉《あさげ》を食べたら、そちらへ移れ」

優之進は笑みを浮かべた。

「へえ。ありがてえことだべ」

紋吉はそう言うと、残りの玉子粥を胃の腑に落とした。

「けんちん汁も一人分残してある。あたためてこようか」

優之進が言った。

「そりゃあ、ぜひ」

紋吉はすぐさま答えた。

残しておいたけんちん汁をあたため直して出した。

「おまえのいのち汁だ。ゆっくり食え」

優之進は持ち重りのする椀を盆に載せて座敷に運んだ。

「へえ」

紋吉は椀を慎重に持ち上げ、箸を動かしだした。

優之進は厨に戻って火を落とした。

仕込みはすでに終わっている。明日は早起きして魚の仕入れだ。

じっくり味わいながら、紋吉は二杯目のけんちん汁を胃の腑に落としていった。

「この汁を……」

座敷へ歩み寄ってきた優之進に向かって、紋吉は言った。

「うちの旅籠をまたやるときに出したいべ」

晴やの前で行き倒れた若者が言った。

「そうか。いくらでも教えるぞ」

優之進の言葉に力がこもった。

「なら、長屋から通わせてもらえると？」

紋吉は問うた。

「通うも何も、すぐ裏手だ。半ば住み込みみたいなものだな」

優之進はそう言って笑った。

「どうかよろしゅうに」

若者はそう言うと、二杯目のけんちん汁をきれいに平らげた。

第四章　かき揚げ丼と海老天

一

ひと晩寝たおかげで、幸いにも紋吉の熱は下がった。

「何か手伝いまさ」

布団から出た若者が言った。

「無理するな。ぶり返したら難儀だぞ」

優之進が厨から言った。

「まだ休んでいて」

おるみを抱っこ紐に入れたおはるも案じ顔で言う。

「へえ、でも」

紋吉はあいまいな顔つきで答えた。

「見てるだけならいいぞ。手伝いは年が明けてからだ」

優之進が少し表情をやわらげた。

「なら、床几《しょうぎ》を厨に置いて」

と、おはる。

「ああ、そうしよう」

優之進が支度を整えた。

今日はいい寒鰤が入った。中食は奇をてらわず、照り焼きを膳の顔にすることにした。

飯は前日から仕込みをしておいた炊き込みご飯だ。存分に水を吸った大豆はふっくらと炊きあがるだろう。

汁は根深汁《ねぶかじる》に決めた。昨日がけんちん汁だったから、同じものが続かないようにという配慮だ。

ほかに、沢庵《たくあん》と梅干し、それに大根菜の胡麻和えがつく。膳に載せると色合いが鮮やかで、照り焼きがさらに引き立つだろう。

「上州の旅籠では、魚をさばいたりしていたのか」

包丁を動かしながら、優之進が訊いた。

「おとうに教わって、鮎《あゆ》をさばいたりしたことはあるけど、へたくそで叱られてばっかりだったべ」

紋吉は答えた。

「いくたびもしくじりながら覚えるものだ。おれもそうだった」

優之進は白い歯を見せた。

「師匠もおとうから？」

紋吉が問うた。

優之進のことを「師匠」と呼ぶ。

「この人のお父様は町方の定廻り同心だったのよ」

おはるが教えた。

「と言うより、おれも町同心だったんだがな」

と、優之進。

「お役人様で」

紋吉の顔に驚きの色が浮かんだ。

「いまは思うところあって十手を返上して、包丁に持ち替えた」

優之進はそう言うと、包丁を巧みに動かして鰤の身を切り分けた。

「思うところ、と言うと？」

紋吉が問うた。

「それは話が長くなる。いずれ、機があれば」

優之進はいなすように答えた。

切り終えた寒鰤の身に塩を振っておく。そのあいだに炊き込みご飯が頃合いになった。

「食うか」

優之進が水を向けた。

「へえ」

紋吉はすぐさま答えた。

だいぶ食い気が出てきたようだ。

「汁はまだだから、お茶で」

おはるが言った。

「あったかいものがありがてえべ」

紋吉は笑みを浮かべた。

炊き込みご飯とお茶が出た。

「たくさんあるから、たんと食え」

優之進がすすめた。

「へえ」

紋吉はうなずいた。

「まだ煎じ薬もあるから」

と、おはる。

「食ってからのみまさ」

昨日とはうって変わった顔つきで、紋吉は答えた。

ほどなく、晴やの前で行き倒れた若者の箸が動きだした。

「……うめえ」

声がもれる。

大豆と油揚げ、それに、ささがきの牛蒡。

ただそれだけの炊き込みご飯だが、醬油《しょうゆ》の香りが何とも言えない。

「これなら大丈夫だな」

優之進が言った。

「よかった」

おはるのほおにえくぼが浮かんだ。

二

紋吉が炊き込みご飯を食べ、煎じ薬をのみ終えたところに、錺職の平太が顔を見せた。

「これから家移りかい。なら、手を貸すぜ」

気のいい職人がすぐさま言った。

「へえ、すまねえべ」

紋吉が頭を下げた。

「同じ長屋だ。これからも、持ちつ持たれつで」

平太が白い歯を見せた。

長屋では、家主の杉造と女房衆が手を貸してくれた。余っていた布団が運び入れられ、紋吉の新たな住まいが整った。

「これなら住み込みと変わらないね」

杉造が温顔《おんがん》で言った。

「わたしらが中食のお運びをやるんで」

おまさが近くにいたおそのを手で示した。

「どうぞよろしゅうに」

紋吉は頭を下げた。

「晴やの料理はどれもうめえから、覚えて帰ったら旅籠は繁盛間違いなしだ」

平太が太鼓判を捺《お》した。

「今日からもう修業に入りてえくらいで」

上州から出てきた若者が言った。

「しっかり治してからのほうがいいよ」

家主が言った。

「そうそう。治りかけが大事だからよ」

平太も和す。

「今日のところはゆっくり休んで、おいしいものを食べて」

「晴やは逃げないから」

女房衆が言った。

「へえ、そうさせてもらいまさ」

紋吉は笑みを浮かべた。

三

「先に運んでやるか」

厨で手を動かしながら、優之進が言った。

「そうね。来てもらうわけにはいかないから」

おはるが答える。

「なら、わたしが」

手伝いのおまさが手を挙げた。

「いや、風が冷たいから、倹飩箱《けんどんばこ》で運ぶよ」

晴やのあるじが言った。

そんなわけで、中食の膳がいち早く紋吉のもとへ届けられた。

「わざわざすまねえべや、師匠」

紋吉が恐縮して言った。

「ゆっくり食え」

優之進が笑みを浮かべた。

「もう大丈夫なんで、明日から修業を」

上州から出てきた若者が言う。

「そうか。今年はあと二日で、正月は休みになるがな」

と、優之進。

「ちょっとでもやらせてもらいまさ」

紋吉が表情をやわらげた。

「なら、今日はもう一日休んで、明日の朝からだ」

優之進はそう言うと、晴やへ戻っていった。

中食の膳はうまかった。

「この焼き加減だべ」

箸を動かしながら、紋吉は独りごちた。

「たれもうめえ」

寒鰤の照り焼きを味わいながら、さらにつぶやく。

炊き込みご飯も美味だった。

上州の旅籠でも折にふれて出ていたから、幼いころから食べてきている。おかげでそれなりに舌は肥えているが、晴やの炊き込みご飯はひと味違った。存分に味を吸った油揚げとささがきの牛蒡、それに大豆、嚙み味の違いも絶妙だ。

今度は椀に手を伸ばした。

根深汁だ。

「死んだおとうも、よくつくってた」

紋吉はしみじみと言うと、汁を啜った。

「……うめえ」

ため息まじりのひと言がもれた。

心にしみいる味だった。

昨日のけんちん汁もそうだったが、わずかなりとも寿命が延びたような心地がした。

いのち汁だ。

さらに箸が動く。

明日からちゃんと修業して、いつの日か、沼田の旅籠でおいしい料理を出せるようにしなければ……。

そう思いながら、紋吉は膳を平らげていった。

四

翌日――。

すっかり良くなった紋吉は、晴やの厨に入った。

「今日から頼むな」

上州から来た若者は黒兵衛に声をかけた。

「みゃ」

物おじしない看板猫が短くないた。

中食の膳の顔は、かき揚げ丼にした。

人参と大根菜と海老を彩りよくあしらったかき揚げに、自慢のたれをたっぷりかけた丼だ。これに朝獲《ど》れの刺身と豆腐汁、それに煮豆の小鉢がつく。

「かき揚げは、なるたけ揚げたてをお出しする。三十食だから焦らずにやればいい」

優之進が言った。

「やってもらうの?」

おるみを抱っこしたおはるが少し驚いたように問うた。

「できるか？」

優之進は弟子入りした若者にたずねた。

「うーん、天麩羅はちょっと苦手だべ」

紋吉は二の足を踏んだ。

「得手《えて》ではないか」

と、優之進。

「へえ。おとうからもよく叱られてたので」

紋吉は首をすくめた。

「天麩羅は慣れれば難しくはない。油の熱さをたしかめ、鍋肌からすべるように投じ入れてやる。あとは目と耳で仕上がりを逃さず、しゃっと素早く油を切ってやればからりと仕上がる」

優之進は身ぶりをまじえた。

「目と耳で」

紋吉は復唱した。

「そうだ。火が通ってきたら、天麩羅がふわりと浮いてくる。頃合いだという証《あかし》だ。それを見逃さず、菜箸でつまみあげて油を切る」

優之進が教える。

「へえ」

紋吉がうなずいた。

「初めは大きかった音が小さくなり、泡も小ぶりになる。天麩羅はおのれから火が通ったことを教えてくれるわけだ。それを見逃すな」

優之進は芯のある声で言った。

「承知で」

紋吉はいい声で答えた。

「たねは多めに仕込んであるから、中食が終わったらまかないをつくってもらう。それまでは目で見て覚えろ」

優之進は師匠の顔で言った。

「へえ」

紋吉は肚《はら》から声を発した。

五

「よし、揚げるぞ」

優之進が言った。

「しっかり見てまさ」

紋吉が答えた。

すでに客が入っている。ここからは大車輪だ。

油はちょうど頃合いになっている。優之進はおたまにかき揚げのたねを載せ、鍋肌から手際よくすべらせていった。

「固まってきたら、菜箸で穴を開けてやる。そうすれば、火の通りがよくなってきれいに仕上がる」

優之進は手本を見せた。

紋吉がじっと見る。

揚げたてのかき揚げ丼に刺身と豆腐汁、それに煮豆の小鉢。

優之進は手際よく膳を仕上げた。

「はい、お願いします」

運び役のおまさに渡す。

「いらっしゃいまし」

おはるの声が響いた。

「空いているところへどうぞ」

もう一人の運び役のおそのが手で示す。

入ってきたのは桐板づくりの職人衆だった。

「おっ、見慣れねえ顔だな」

親方の辰三が言った。

「上州から来た弟子で。今日から修業してもらいます」

手を動かしながら、優之進が言った。

「どうぞよろしゅうに」

紋吉が頭を下げた。

「そうかい、気張ってやんな」

「通いでやってんのかい」

座敷に陣取った職人衆が問う。

「裏の長屋に住まわせてもらってます」

紋吉は答えた。

「なら、住み込みみてえなもんだな」

辰三が笑みを浮かべた。

「へえ」

上州から来た若者が笑みを返した。

客は次々に来た。

中食は三十食だが、かき揚げに手間がかかるため、手が遅れ気味になってきた。

「ご飯と味噌汁を手伝ってもらったら?」

おはるが勘定場から声をかけた。

「そうだな。頼む」

優之進は短く答えた。

「承知で」

紋吉がうなずいた。

いくらか手つきは危なっかしかったが、加勢のおかげで膳が進んだ。

紋吉が丼にほかほかの飯を盛る。そこに優之進がたれをかけ、揚げたてのかき揚げを載せて、さらにたれを回しかける。そのあいだに、紋吉が豆腐汁をよそう。最後に優之進が刺身を仕上げれば出来上がりだ。

「相変わらずうめえな」

辰三が満足げに言った。

「毎日かき揚げ丼でもいいくらいで」

「刺身もぷりぷりで」

弟子たちも笑みを浮かべた。

「毎度ありがたく存じました」

おるみとともに勘定場に座ったおはるがいい声を響かせた。

「おう、うまかったぜ」

先客が右手を挙げた。

「ありがたく存じました」

紋吉からも声が出た。

そんな調子で、晴やの中食の膳は好評のうちに売れ切れた。

六

たねは多めにつくってあった。

ここからはまかないだ。

「やってみろ」

惣菜の支度をしながら、優之進が言った。

「承知で」

紋吉は帯を一つたたいて気合を入れた。

鍋に投じ入れたかき揚げをじっと見て、菜箸で穴を開け、頃合いを見計らって引き上げる。

だが……。

ちょっと早すぎた。

「あっ」

紋吉は声をあげた。

かき揚げはあえなく二つに分かれてしまった。

「仕方ない。別々に揚げろ」

優之進が言った。

ここで、中休みなのに人が入ってきた。

廻り方同心の吉塚猛兵衛だ。

「あっ、猛さん、いらっしゃいまし」

おはるが声をかけた。

「おう、見慣れねえ顔だな」

紋吉のほうを見て、猛兵衛が言った。

「上州から来た弟子の紋吉で」

優之進が紹介した。

「晴やの評判を聞いて、わざわざ上州から修業に来たのかい」

猛兵衛は驚いたように訊いた。

「いえ、たまたまうちの前で具合が悪くなって」

おはるが言った。

「へえ、助けてもらいました」

紋吉はそう言うと、しくじったかき揚げを使って丼を仕上げた。

「うちで修業をしたら、亡くなった親父さんが開いた上州の旅籠を継ぐつもりだそうで」

優之進が従兄に告げた。

「そうかい、気張ってやんな」

廻り方同心は白い歯を見せた。

しくじったかき揚げ丼は、猛兵衛が舌だめしをしてくれることになった。

廻り仕事の途中だった同心がさっそく箸を動かす。

「見てくれは悪いが、味はうめえな」

猛兵衛が言った。

「すまねえこって」

紋吉が髷に手をやる。

「何事も、しくじりながら覚えるもんだ。初めから焦らずにやんな」

猛兵衛はそう言うと、またかき揚げ丼を胃の腑に落とした。

「へえ。ありがたく存じます」

晴やの弟子は深々と頭を下げた。

七

二幕目には山城屋の隠居の佐兵衛が、いつものように手代の竹松を伴ってやってきた。

「ここで修業をして、旅籠を立て直すのかい。しっかり気張ってやりなさい。ただし、初めから気張りすぎないように」

いきさつを聞いた佐兵衛が温顔で言った。

「今日はかき揚げを教わりました。しくじったけど」

紋吉が言った。

「なら、海老天をやってみるか」

優之進が水を向けた。

「へえ。蕎麦《そば》に入れたらうまそうで」

紋吉が答えた。

「明日は大晦日《おおみそか》で年越しだから、中食にお蕎麦はどうかと話をしてたの」

おるみをあやしながら、おはるが言った。

黒兵衛のほうを見せると、猫のしぐさが面白いのか笑みを浮かべる。

「うどんやほうとうならともかく、蕎麦はいま一つ得手ではないんだが」

優之進が言った。

「おいらは上州でよく打ってました。おめえは蕎麦打ちだけはうめえなっておとうからほめられたくらいで」

紋吉が言った。

「上州も蕎麦はうまそうだね」

佐兵衛が言う。

「へえ。田舎《いなか》の蕎麦ですが」

と、紋吉。

「なら、試しに明日打ってもらおう」

優之進が両手を軽く打ち合わせた。

「だったら、海老天蕎麦に茶飯とか」

おはるが案を示した。

「明日も来たくなります」

手代が笑みを浮かべた。

「とりあえず、今日は海老天だけで」

優之進はそう言うと、紋吉に手本を示しはじめた。

海老がまるまらないように、腹側の筋に深い切り込みを入れてやる。この加減だけでも存外にむずかしい。

「あとは衣の花の咲かせ方だ。上州で海老は入らないかもしれないが、どんな天麩羅にも使える。旅籠で出すのなら、花が咲いている天麩羅のほうが見栄えがしていいだろう」

料理の師匠が言った。

「へえ」

弟子が力強くうなずく。

「火が通り、海老が浮いてきたら……」

優之進は端のほうに粉をたらし、菜箸を巧みに用いてきれいな花を咲かせた。

「ほら、きれいな天麩羅ができたよ」

おるみを抱っこしたおはるが笑みを浮かべる。

「やってみろ」

優之進が菜箸を渡した。

「承知で」

紋吉の表情が引き締まった。

いざやってみると、初めはうまくいかなかった。

「あっ、落とすとこをしくじったべ」

声があがる。

「しくじった分は手代に食べさせるからね」

佐兵衛が言った。

「手前はおいしければ満足なので」

竹松が満面の笑みで言った。

次はまずまずの仕上がりになった。

「いいだろう。盛り付けてお出ししな」

優之進が師の顔で言った。

「へえ」

紋吉の表情がやっとやわらいだ。

ほどなく、海老天が客に供せられた。

「お待たせいたしました」

と、皿を置く。

「頭を下げてからね」

おはるがすぐさま注意した。

「へえ、すまねえこって」

紋吉が謝る。

天つゆは優之進が運んだ。

見てくれが悪いものは手代が、それなりに仕上がったものは山城屋の隠居が食す。

「さくっと揚がってるね」

佐兵衛が満足げに言った。

「おいしゅうございます」

竹松はまた笑顔だ。

「ありがたく存じます」

紋吉は深々と一礼した。

「こうやって一歩ずつ石段を上っていけば、やがていい景色が見えるよ」

隠居がそんな励まし方をした。

「そうそう、一歩ずつ」

おはるがうなずく。

「へえ、気張ってやりまさ」

紋吉の声に力がこもった。

第五章　大晦日と新年

一

大晦日になった。

天麩羅は危なっかしかったが、紋吉の蕎麦打ちはなかなか堂に入ったものだった。

「蕎麦はおれよりうまいな」

優之進が感心の面持《おもも》ちで言った。

「おとうから教わったんで」

紋吉はそう言って、麺棒で蕎麦をのばしだした。

「切りもできるか」

優之進が問うた。

「へえ」

紋吉はいい顔つきで答えた。

こちらの手際もよかった。麺切り包丁が小気味よく動くたびに、麺が次々に切り離されていく。

「お蕎麦屋さんみたいね」

おはるが言った。

「そうだな。つゆはできてるから、茹《ゆ》でて舌だめしだ」

優之進が軽く両手を打ち合わせた。

いくらか太めだが、挽《ひ》きぐるみの黒っぽい蕎麦だから、かえって野趣《やしゅ》が出る。茹であげると、つややかな仕上がりになった。

「できました」

つゆを張った紋吉が笑みを浮かべた。

「おお、うまそうだ。さっそく食おう」

優之進が箸を取った。

「あとでわたしにも」

おはるが右手を挙げる。

「おう、頼む」

優之進がすぐさま答えた。

評判は上々だった。

蕎麦の香りも、こしも残っている。老舗《しにせ》の蕎麦屋にも引けを取らない仕上がりだ。

「うまいな。これを目当てに旅籠に泊まるお客さんも出るだろう」

優之進が満足げに言った。

「蕎麦のほかの料理の腕を上げて、旅籠を立て直したいです」

紋吉がいい顔つきで答えた。

おはるの舌だめしになった。

「あ、おいしい」

食すなり、晴やのおかみの表情がぱっと晴れた。

「これは名物になるだろう」

代わりにおるみを抱っこした優之進が言った。

「あったかいお蕎麦もいいけど、もりもおいしそう。天麩羅や炊き込みご飯を添えて」

どこか唄うように、おはるが言った。

「山菜や筍《たけのこ》も採れるので。秋は松茸《まつたけ》も」

と、紋吉。

「いいわねえ。……ほんとにおいしい」

おはるの箸が動く。

好評のうちに、舌だめしが終わった。

二

中食には、かけ蕎麦のほかに海老天と茶飯と煮豆の小鉢がついた。

これまたいたって評判がよかった。

「蕎麦にこしがあって、海老天もぷりぷりだな」

「いい年越しになるぜ」

河岸で働く男たちが言う。

「蕎麦うまし海老天うまし晴やの年越し……字余り」

講釈師の大丈が機嫌のいい声を発した。

「弟子が打ったので」

優之進が紋吉のほうを手で示した。

「そうかい。若《わけ》えのに大したもんだな」

客の一人が感心の面持ちで言った。

「上州の旅籠でおとうから教わったんで」

紋吉が笑みを浮かべた。

「修業に来たのかい」

「帰ったら、おとうの跡継ぎか」

「気張ってやんな」

河岸の男たちが口々に言った。

「おとうが急に亡くなって、旅籠はいま閉めてるんで。ここで修業させてもらって、帰ったら立て直したいと」

紋吉が告げた。

「そうかい。そりゃ大変《てえへん》だ」

「そのうち、いい目も出るからよ」

情に厚い男たちが励ます。

「へえ」

紋吉は目に涙をためて答えた。

「この蕎麦が打てれば大丈夫だ」

「そうそう、常連がつくよ」

近くに住む二人の隠居が言った。

「気張ってやりますんで」

紋吉はそう言って目元を指でぬぐった。

「気張って、って」

おるみを抱っこしたおはるが笑みを浮かべた。

「みゃあーん」

なぜか近くにいた黒兵衛がないたから、晴やかに和気が漂った。

三

中食は滞りなく終わり、二幕目になった。

まず座敷に陣取ったのは、不二道場の剣士たちだった。稽古《けいこ》納めをしてから打ち上げに来てくれたようだ。

「冷えるのう。何かあたたまるものをくれ」

道場主の境川不二が言った。

「熱燗はもちろんで」

「そのほかに、あたたかいものを」

弟子たちが言った。

「承知しました。では、まず湯奴を」

優之進が答えた。

「蕎麦粉が余っているので、蕎麦がきをお出ししたいと」

紋吉が進んで言った。

「ああ、いいわね」

おはるがすぐさま言った。

「よし。なら、任せよう」

優之進が白い歯を見せた。

「承知で」

紋吉は腕まくりをした。

蕎麦がきのつくり方は二つある。

一つ目は椀がき。

椀に蕎麦粉を入れ、熱い湯を注いで素早くまぜる。

こつは要《い》るが、蕎麦の香りを楽しめる食し方だ。

もう一つは鍋がき。

鍋に水と蕎麦粉を入れ、火にかけてかき混ぜていくやり方だ。

香りは飛んでしまうが、こちらのほうがなめらかな仕上がりになる。

紋吉は椀がきのほうだった。このやり方を父から教わったらしい。

まとまったところで、湯奴と同じように湯に浮かべ、つゆにつけて食す。

「お待ちで」

湯奴と蕎麦がきがほぼ同時に出来上がった。

「おお、来た来た」

道場主が両手を軽く打ち合わせた。

「こりゃあ、いやでもあったたまりますね」

「さて、どちらから食うか」

弟子たちがのぞきこむ。

「お待たせしました」

抱っこ紐におるみを入れたおはるが熱燗を運んできた。

「明日になれば、二歳だな」

境川不二が言った。

「ええ、おかげさまで」

おはるのほおにえくぼが浮かんだ。

「新たな年が進めば、言葉を発し、やがて歩くようになるだろう。楽しみだ」

道場主はそう言うと、弟子がついだ酒をくいと呑み干した。

蕎麦がきの評判は上々だった。

「蕎麦の香りがしてうまいです」

「啜る蕎麦もいいけれど、こちらもなかなか」

弟子たちは満足げだ。

「上州の旅籠で出せば、必ずや喜ばれるであろう」

境川不二が太鼓判を捺した。

「へえ、いつかきっと出します」

紋吉の声に力がこもった。

四

年が明けた。

文政三年（一八二〇）の正月だ。

おはると優之進が晴やを開いてから初めて迎える正月になる。見世は四日からだから、それまでは空模様を見ながら年始廻りをした。おるみをあたたかいおくるみに入れ、優之進が大事に運ぶ。ぐずったらおはるに替わる。

吉塚家でも十文字家でも、大いに歓待してくれた。焼いた角餅が入った江戸の雑煮も味わった。新年に家族とともに味わう雑煮はまた格別だ。

人混《ひとご》みでおるみに風邪でも引かせたら大変だから、初詣は近場の祠《ほこら》で済ませた。その代わり、長く祈った。

どうかこの子がつつがなく育ちますように。

今度こそ、無事に大きくなってくれますように。

おはるは心をこめてそう祈った。

晴やのこともお願いした。

見世が繁盛しますように。

晴やの料理に満足していただけますように。

そして、お客さまがたに幸いが訪れますように。

おはるの願い事は長かった。

「弟子と猫のこともお祈りしてやろう」

優之進はそう言って両手を合わせていた。

「そうね。紋吉さんが無事に修業を終えて、上州に帰れますようにって」

と、おはる。

「旅籠の再興もだな」

優之進は笑みを浮かべると、祠に向かって頭を下げた。

五

大禍なく三が日が終わり、四日になった。
晴やの前にこんな貼り紙が出た。

本年もよろしくお願ひいたします
けふの中食
おめでたひ膳
小たひ焼きもの、赤飯、おせち盛り合はせ
お雑煮
三十食かぎり三十文
晴や

小鯛の焼き物に、おめでたい赤飯。おせちは昆布巻き、数の子、たたき牛蒡、黒豆、田作り、細工を施した蒲鉾《かまぼこ》、栗きんとん、とりどりに盛り合わせている。

「初日だから、わたしも」

家主の杉造がいち早く顔を見せた。

「縁起物なんで」

錺職の平太も言う。

正月から普請場で気張っている鯨組の大工衆、河岸で働くなじみの男たち、客は次々に明るい柑子色ののれんをくぐってくれた。

「いらっしゃいまし」

「空いているところにどうぞ」

おまさとおその、手伝いの女たちの声が響く。

「お膳一丁、上がりました」

厨から告げたのは、晴やで修業を始めた紋吉だ。

優之進の指導のもと、おせち作りにも精を出していた。

「はいよ」

さっそくおまさが動く。

おはるはおるみのお守りをしながら勘定場だ。土間の日が差すところでは、小ぶりの敷物を寝床にして黒兵衛が気持ちよさそうに寝ている。

「うちのおせちとはひと味違うな」

「そりゃ、餅は餅屋だからよ」

「この田作りなんぞ、つやつやじゃねえか」

大工衆がさえずる。

「蒲鉾もめでてえな」

「日の出のかたちになってるじゃねえか」

客の一人が箸でつまみあげる。

「初めはなかなかできなくて困りました」

紋吉が言った。

日の出蒲鉾は包丁を入れる力加減がむずかしい。いくたびもしくじった蒲鉾は、刻んでまかないの焼き飯の具にした。

「しくじりながら、一つずつ覚えていけばいい」

優之進が言った。

「へえ。おかげで焼き飯も教わったんで」

紋吉の表情は明るかった。

「雑煮もおせちもうまかったよ。もちろん、縁起物の鯛と赤飯も」

いち早く食べ終えた家主が笑みを浮かべた。

「昆布巻きがことにうまかったな」

平太も和す。

「昆布巻きは惣菜の持ち帰りにもできますので。たたき牛蒡と田作りも」

優之進が勧めた。

「なら、酒の肴にちょいと持って帰るかな」

同じ長屋に住む男が言った。

「おう、うまかったぜ。今年も精のつく飯を食わせてくんな、おかみ」

鯨組の棟梁《とうりょう》の梅太郎《うめたろう》が言った。

「承知しました。今年もよろしゅうお願いいたします」

おはるはていねいに頭を下げた。

そんな調子で、晴やの今年初の中食は、好評のうちに滞りなく売り切れた。

六

二幕目も千客万来だった。

まず、いつもは中食に来る講釈師の大丈が姿を見せた。このところは講釈ばかりでなく、かわら版の文案づくりなども手がけている。

大丈が多めに炊いた赤飯と雑煮を食していると、吉塚左門が狩野小幽とともにのれんをくぐってきた。これから三番屋で囲碁と将棋と双六を楽しむようだ。

「どうだ、ここの厨にも慣れたか」

左門が紋吉に問うた。

「へえ、しくじりながらやらせてもらってます」

紋吉はいい顔つきで答えた。

「おお、名案なり」

大丈が箸を止めて言った。

「何か浮かびましたか」

おはるが問うた。

「上州の旅籠を再興せんと江戸へ出てきしが行き倒れ、運良く飯屋に救われて料理を修業中の若者の話は、かわら版種としては申し分なからん」

大丈はそう答えると、また赤飯に箸を伸ばした。

「なるほど、それはいいかもしれないね。絵を描いてあげたらどうだい、小幽さん」

左門が水を向けた。

「そりゃあ、お安い御用で」

総髪の絵師がすぐさま答えた。

「おいらがかわら版に？」

紋吉の顔に驚きの色が浮かんだ。

「かわら版に載れば、思わぬ縁があるかもしれないぞ」

寒鰤の照り焼きをつくりながら、優之進が言った。

食い気をそそる香りが晴やかに漂っている。

「上州から江戸に出てきている人も多いだろうからね」

左門はそう言うと、猪口の酒を呑み干した。

「上州の人に会いたいべ」

紋吉は少し遠い目つきで言った。

「おっかさんにも会いたいな」

と、優之進。

「へえ」

紋吉は目をしばたたかせた。

「おっかさんは達者なのかい」

左門が問うた。

「いくらか足が悪いので、近くの身内の家で暮らしてます。旅籠にまたのれんを出すときは、少しくらいなら手伝えるから一緒にと言ってます」

紋吉が答えた。

「繁盛したら、手伝いを雇えばいいよ」

小幽が笑みを浮かべた。

「いずれ良き風が吹かん。時を待つべし」

大丈がそう言って、顎鬚に手をやった。

「へえ。いまは気を入れて修業で」

紋吉は帯をぽんとたたいた。

照り焼きが出た。左門と小幽には雑煮が供された。

「美味なり」

さっそく賞味した大丈の顔がほころぶ。

ここで紋吉が酒をついだ。

料理ばかりでなく、客あしらいも修業のうちだ。

「上州の里はいずこなりや？」

大丈が訊いた。

「沼田です」

紋吉が答える。

「そうか。何が名物料理か」

講釈師はなおも訊いて、猪口の酒を呑み干した。

「へえ、いちばん好きなのは味噌饅頭《まんじゅう》で」

紋吉の表情がやわらいだ。

「それはいかなるものか」

大丈が問う。

「饅頭を串に刺して、水飴で甘くした味噌だれを塗って香ばしく焼きあげたもので、ちょっと焦げたところがうめえんで」

紋吉は笑みを浮かべた。

「それは素朴でうまそうだね」

左門が言う。

「そのうち、つくってみてくれ」

優之進が水を向けた。

「承知で」

上州生まれの若者が答えた。

「かわら版にも記さん。文案、すでにまとまれり」

大丈はこめかみを指さした。

「では、似面を描きましょう」

雑煮を食べ終えた小幽が言った。

「終わったら三番屋だね」

と、左門。

「待ちきれないみたいですね、お義父さま」

おはるが笑みを浮かべた。

「今日はまず盤双六をやりたいね」

左門は賽を振るしぐさをした。

ほどなく支度が整い、似面描きが始まった。

「もうちょっと楽に、紋吉さん」

おはるが声をかけた。

「味噌饅頭を食べたときの顔だ」

優之進も言う。

「へえ」

硬かった紋吉の表情がやっとやわらいだ。

「そうそう、その顔で」

絵師の筆が小気味よく動いた。

第六章　おっきりこみと味噌饅頭

一

「おう、できたてを持ってきたぜ」

韋駄天の市蔵が刷り物をひらひらと振った。

二日後の二幕目だ。

「それはひょっとして……」

おるみをあやしていたおはるが顔を上げた。

「ここのお弟子さんが載ってるぜ」

十手持ちが白い歯を見せた。

「もうできたんですか」

優之進が厨から言った。

「やることが早《はえ》えから。……おう、茶を一杯くだせえ」

市蔵はいなせに指を一本立てた。

「承知で」

優之進が答える。

「こっちはどうですかい」

一枚板の席で呑んでいた相模屋の隠居の七之助が猪口をかざした。

隣には家主の杉造もいる。

「まだつとめの最中だからな。ここんとこ、空き巣がずいぶん出やがってるんで」

市蔵は顔をしかめた。

「まあ、物騒《ぶっそう》なことで」

おはるの眉間にしわが浮かんだ。

「そりゃあ、剣呑《けんのん》で」

家主も言う。

「独りばたらきなら、ひっ捕まえるのもそうむずかしくはねえだろう。どこかでへまをやらかすからな」

十手持ちがそこまで言ったとき、紋吉が茶を運んできた。

「お待たせいたしました」

と、湯吞みを置く。

「おう、よく書けてるぜ。ゆっくり読みな」

市蔵はそう言って、上州から来た若者にかわら版を渡した。

「へえ、ありがたく存じます」

紋吉は頭を下げた。

「あとで見せてね」

おはるのほおにえくぼが浮かぶ。

「へえ。……わあ、似面も入ってるべ」

紋吉はさっそく刷り物に目を落とした。

「で、空き巣の件だが……」

韋駄天の市蔵は茶を少し啜ってから続けた。

「どうやら独りばたらきじゃなく、かしらが手下を束ねてやらかしてるようだ。気をつけてくだせえ」

十手持ちが、元同心に言った。

「分かった。気をつけていよう」

優之進が答えた。

「早く捕まるといいけど」

と、おはる。

「気張って見廻るんで」

市蔵はそう言うと、茶をぐいと呑み干した。

二

十手持ちがあわただしく去ったあとは、かわら版の話題になった。

「ありがてえことで」

ひとわたり読み終えた紋吉が目をしばたたかせた。

「わたしにも」

おはるが手を伸ばす。

「へえ」

晴やのおかみの手にかわら版が渡った。

「ちょいと読んでおくれでないか」

佐兵衛が頼む。

「承知しました」

おはるはすぐさま請け合うと、のどの調子を整えてから読みはじめた。

こんな文面だった。


師走の寒き日のことなりき。

大鋸町のめし料理の見世、晴やの前にて、行き倒れし若者あり。

名を紋吉といふ。

生まれは上州の沼田。

二親は旅籠を営みしが、父が急に亡くなり、母は足が悪く、やむなくのれんを下ろすことになれり。

かくなるうへは、おのれが江戸で修業をして跡継ぎとなり、旅籠の再興を果たさん。

さういふ志を胸に、勇躍江戸へ出てきたりし若者なれど、気張りすぎた為か、具合を悪うして行き倒れてしまへり。

さりながら、倒れしが飯屋の前とは、まことにもつて不幸中の幸ひなりき。

介抱されし紋吉は、一杯のけんちん汁で息を吹き返せり。

これぞまさしく、いのち汁。

人生において忘れられぬ一杯となれり。

かうして縁が生じた紋吉は、晴やの厨にて修業をすることとなれり。江戸の料理を覚えし若者は、上州沼田に帰りて、必ずや旅籠を再興せん。

その前途に幸ひあれ。

「ありがたいねえ」

山城屋の隠居が温顔で言った。

「へえ」

紋吉は続けざまに目をしばたたかせた。

「郷里《くに》へ持って帰るといいよ」

杉造が言う。

「そうそう。お母様に見せてあげて」

少しうるんだ目で、おはるが言った。

「へえ。おかあも喜びまさ」

紋吉はそう言って目元に指をやった。

三

翌日の中食は焼き飯とけんちん汁の膳だった。

これに煮豆と切干大根の煮つけの小鉢がつく。

「おっ、かわら版に載ってたやつだな」

桐板づくりの親方の辰三が、ほかの常連客が食べているものを指さした。

「かわら版って何でえ」

なじみの左官が問うた。

「いま修業してる兄ちゃんが、見世の前で行き倒れちまって、けんちん汁で息を吹き返したって話が載ってたぜ」

親方はいくらか話に下駄を履かせて答えた。

「へえ、そうかい。そりゃ、大《てえ》したもんだ」

先客はそう答えて、焼き飯の匙を口に運んだ。

ほぐした干物に蒲鉾、刻み葱、豆を加え、仕上げにもみ海苔《のり》を散らした食べでのある焼き飯だ。醬油の香りが食い気をそそる。仕上げに垂らした胡麻油も風味豊かだ。

これに、かわら版でも称揚されていた具だくさんのけんちん汁がつく。あの日、紋吉を救ったいのち汁だ。

「ありがたく存じます」

職人衆に向かって、紋吉が頭を下げた。

「このけんちん汁だな」

辰三の一番弟子が椀を持ち上げた。

例によって具だくさん、胡麻油の香りがただよう汁だ。

「へえ、気を入れてつくりました」

紋吉が表情をやわらげた。

「上州の里じゃ、葱も里芋もあるだろう」

辰三が言う。

「蒟蒻も名物なんで」

若者が白い歯を見せた。

「筋のいい豆腐屋さんがあるそうで、お豆腐も油揚げも」

おはるがどこか唄うように言った。

「そりゃあ、いいな。旅籠を継いだら、客に出してやりな」

桐板づくりの親方が言った。

「へえ」

紋吉の声に力がこもった。

四

職人衆が食べ終えて晴やを出る頃合いに、あわただしく入ってきた者がいた。

講釈師の大丈だ。

さらに、不二道場の面々もやってきた。中食はもうそろそろ終《しま》いごろだ。

「かわら版、好評ですよ、先生」

おはるが大丈に言った。

「ありがたく存じました」

紋吉が深々と一礼した。

「書いた甲斐《かい》があるなり」

大丈はご満悦だ。

「かわら版と言うと？」

座敷に陣取った境川不二が問うた。

「へえ、これです」

紋吉がさっそく刷り物を見せにいった。

道場主と門人たちが目を通す。

『かくなるうへは、おのれが江戸で修業をして跡継ぎとなり、旅籠の再興を果たさん』か。良き志だ」

その部分を読み上げて、境川不二が言った。

膳が来た。

さっそく箸が動く。

「このけんちん汁を出せれば、旅籠の繁盛は間違いなしでしょう」

「これだけで腹にたまるので」

弟子たちが言う。

『かうして縁が生じた紋吉は、晴やの厨にて修業をすることとなれり。江戸の料理を覚えし若者は、上州沼田に帰りて、必ずや旅籠を再興せん』

かわら版を読みあげた境川不二は一つ大きくうなずくと、刷り物を紋吉に返した。

「この志があらば、必ずうまくいく。日々の積み重ねを気張っていけ」

道場主はそう励ました。

「へえ、ありがたく存じます」

紋吉は小気味よく一礼した。

「焼き飯うましけんちん汁も具だくさん……やや字余り」

大丈はいつもの調子だ。

「おあと、二名様でございます」

「お急ぎください」

手伝いのおまさとおそのが外に出て声をかける。

「おお、間に合ったぜ」

「危ねえ、危ねえ」

河岸で働く男たちが駆けこんできた。

そんな調子で、晴やの中食は今日も好評のうちに売り切れた。

五

翌日の二幕目――。

紋吉は上州の料理を披露した。

おっきりこみだ。

幅広の麺で、里芋や大根や人参などとともに煮込む。とろみがつくところはほうとうとも一脈を通じているが、おっきりこみのほうがぐっと幅広だ。

ほうとうと同じく、味つけは味噌味と醬油味とに分かれる。上州でも土地によって違うが、紋吉の旅籠では味噌味のおっきりこみを出していた。丹精こめた、自家製の味噌だ。

ちょうど来ていた長屋の面々が舌だめしを始めた頃合いに、おはるの母の十文字秋野《あきの》が小者の午次郎《うまじろう》とともにのれんをくぐってきた。京橋の呉服屋で仕立物を頼んだ帰りらしい。

「まあ、大きくなったわね」

おはるが抱っこしているおるみを見て、秋野は笑顔で言った。

「だいぶ首が据わってきたの」

おはるも笑みを返す。

「そう。それは何より」

と、秋野。

「弟子がつくったおっきりこみがあるんですが、舌だめしにいかがでしょう」

優之進が水を向けた。

「まあ、お弟子さんを取るようになったの」

厨の紋吉のほうをちらりと見て、秋野が言った。

「ちょっと縁があって」

行き倒れの話は端折《はしょ》って、おはるは答えた。

「修業させていただいてます」

紋吉が頭を下げた。

「この味なら大丈夫だ」

錺職の平太が笑みを浮かべた。

「おう、旅籠で出しゃ喜ばれるぜ」

つとめを早く終えた同じ長屋の左官も言う。

「猫も大きくなったわね」

黒兵衛を見て、秋野が言った。

「もう立派な大人猫で。情が深い子だから、ときどきおるみに添い寝をしてくれるの」

と、おはる。

「悪さはしない？」

母が訊く。

「おるみのほうが尻尾《しっぽ》を引っ張ったりいろいろするけど、黒兵衛は我慢してる」

晴やの福猫のほうを見て、おはるは答えた。

「そう、えらいわねえ」

秋野は笑みを浮かべた。

おっきりこみが来た。

「午次郎の分も出してあげて」

秋野が小者を気づかった。

「いえ、わたしは」

髷が細くなった小者が右手を挙げた。

「遠慮することはないわよ。あったまってもらわないと」

秋野が言った。

「いまお運びします」

優之進がすぐさま動く。

結局、午次郎の分のおっきりこみも供された。

「幅広の麺が味を吸っていておいしいわね」

秋野が言った。

「具も、どれもうめえや」

「また食いてえな」

錺職と左官の箸が動く。

「では、そのうち中食で出しましょう」

優之進が請け合った。

「気張ってつくりますので」

紋吉がいい顔つきで言った。

「おいしゅうございます」

午次郎が感慨深げに言った。

世辞ではないことは顔つきで分かる。

「今日来てよかったわね」

秋野も笑顔だ。

「またこの子の顔を見に来て。来るたびに大きくなってるから」

おるみを抱っこしたおはるが言った。

「ええ。楽しみね」

秋野はそう言うと、残ったおっきりこみを口中に投じ入れた。

六

意想外な来客があったのは、翌日の二幕目のことだった。

それまでは左門と實母散の隠居の新右衛門が一枚板の席で軽く呑んでいた。例によって、これから三番屋へ行くらしい。

二人が腰を上げてほどなく、初めての客がのれんをくぐってきた。

唐桟《とうざん》の着物をまとった商家のあるじ風の男が、顔だちの似た娘をつれている。どうやら親子のようだ。

「こちらは、晴やさんでございますね？」

客がたずねた。

「さようでございますが」

おはるが答えた。

「これを見て、足を運ばせていただきました」

客はふところから刷り物を取り出した。

例のかわら版だ。

「さようですか。それはようこそお越しくださいました」

おはるは頭を下げた。

「申し遅れました。手前は京橋の隅で上州屋《じょうしゅうや》という小間物問屋を営ませていただいている、巳之吉《みのきち》と申します」

よどみない口調で、客が言った。

「上州の出でいらっしゃいますか？」

おはるが問う。

「はい。沼田の出で、かわら版を読んでなつかしくなりましてね。これも一つの縁だと思い、足を運ばせていただいた次第で」

巳之吉が言った。

「さようでしたか。ここにいるのが紋吉で」

優之進が厨から手で示した。

「沼田から出てきた紋吉です」

弟子が頭を下げた。

「こちらは娘さんで？」

おはるが問うた。

「はい。末娘のおさとです」

巳之吉が紹介した。

「さと、と申します。どうぞよろしゅうに」

目のくりくりとした娘が頭を下げた。

梅の花をかたどった簪《かんざし》が、豊かな桃割れに挿してある。

「まあ、お上がりくださいまし」

おはるが座敷を手で示した。

「では、そうさせていただきます。茶で結構ですので」

巳之吉はそう言って、おさととともに座敷に上がった。

「弟子がまかないで味噌饅頭をつくっていたのですが、いかがでしょう。ほかにも、穴子の天麩羅や寒鰤の照り焼きなどをお出しできます」

優之進が伝えた。

「上州名物の味噌饅頭を？」

巳之吉が驚いたように訊いた。

「へえ。つくらせてもらいました」

紋吉が言った。

「そりゃあぜひ、食いたいさ」

巳之吉は上州なまりで答えた。

「わたし、食べたことない」

おさとが言った。

「食べてみろ。おいしいぞ」

父の顔で、上州屋のあるじが言った。

「おいらがつくるべ」

紋吉がおのれの胸を指さした。

「わあ、楽しみ」

おさとのくりくりとした目が輝いた。

ここで黒兵衛がひょいと座敷に跳び乗った。

「うちの福猫で」

と、おはる。

「手前どもの見世にも猫がおります。もうばあさんの雉猫《きじねこ》ですが」

上州屋のあるじが言った。

「さようですか。それはそれは」

おはるのほおにえくぼが浮かぶ。

「あ、来た来た」

おさとの声が弾んだ。

黒兵衛がひざに上ってきたのだ。

「物おじしない子なので」

おはるが言う。

「よしよし、かわいいね」

おさとが首筋をなでてやると、晴やの看板猫は気持ちよさそうにのどを鳴らした。

味噌饅頭を焼きながら、紋吉がおさとのほうを見て笑みを浮かべた。

「いい香りがしてきたね」

巳之吉が手であおぐ。

「いま焼きあがりますんで」

紋吉の声が弾んだ。

ほどなく、味噌饅頭が仕上がった。

焼いた当人が座敷へ運ぶ。

「お待たせいたしました」

紋吉は味噌饅頭の皿をていねいに出した。

「ああ、上州の味噌饅頭だね」

上州屋のあるじが感慨深げな面持ちになった。

「ちょっと焦げたところがうまいんで」

紋吉はそう言うと、軽く頭を下げて厨へ戻っていった。

味噌饅頭の評判は上々だった。

「沼田の味だんべ」

巳之吉が地の言葉で言う。

「初めて食べるけど、素朴でおいしいです」

おさとの瞳が輝いた。

「ありがたく存じます」

紋吉が厨から言った。

「ところで、旅籠は何という名で？」

巳之吉が問うた。

「清流屋《せいりゅうや》です」

紋吉が答える。

「ああ、聞いたことがあるよ。川魚の料理がおいしいという評判だった。なつかしいねえ」

上州屋のあるじがしみじみと言った。

「岩魚《いわな》や鮎が獲れるんで」

紋吉が笑みを浮かべた。

「塩焼きがうまいさ」

上州屋のあるじが笑みを返した。

「穴子の天麩羅はいかがでしょう。かき揚げもできます」

優之進が水を向けた。

「ああ、いいですね。どちらもいただきましょう」

巳之吉が答えた。

「まだまだ胃の腑に入るので」

おさとが帯に手をやった。

格子縞の着物に明るい桜色の帯がよく似合う。

「ところで、あの話は？」

おさとは声を落として父に訊いた。

「まあ追い追いだ」

巳之吉も小声で答えた。

鎮守の神様や祭り、沼田の話に花が咲いているうちに、天麩羅が揚がった。

「わあ、まっすぐね」

おさとが目を瞠《みは》った。

「穴子の一本揚げでございます。箸で切れますので」

優之進が細長い皿に盛り付けたものを出した。

天つゆと大根おろしも添える。

「次はかき揚げをお持ちします」

優之進はそう言って厨に向かった。

「甘味の強い金時《きんとき》人参を使っていますので」

おはるが笑みを浮かべた。

「まずは穴子から」

おさとがのぞきこむ。

「どんどん食え。切ってやろう」

末娘に向かって言うと、巳之吉は器用に箸を動かして穴子の天麩羅を切り分けた。

「じゃあ、さっそく」

おさとが箸を伸ばした。

天つゆにつけ、さくっとかむ。

「おいしい」

くりくりとした目がいっそうまるくなった。

その様子を見て、おはるも紋吉も笑顔になる。

巳之吉も続いた。

「さくっと揚がってるね。こりゃうまい」

上州屋のあるじが満足げに言った。

ややあって、かき揚げもできた。

金時人参の赤みに、三河島菜の青み。

彩りも美しいひと品だ。

「揚げたてをどうぞ」

優之進が勧める。

「いい色だね」

巳之吉が目を細める。

「ほんと、おいしそう」

おさとはそう言うと、次の穴子の天麩羅を口中に投じ入れた。

「わたしはかき揚げを」

巳之吉の箸が伸びる。

ほどよい大きさに切り、天つゆにつけて食す。

「これもおいしいね。丼に載せてもうまそうだ」

上州屋のあるじがうなずいた。

「中食でときどきお出しししています」

おるみをあやしながら、おはるが言った。

「さようですか。中食には手伝い役がおられましょうか」

ちらりとおさとの顔を見てから、巳之吉が問うた。

「ええ、同じ長屋の女房衆が二人、手伝ってくれているので助かっています」

おはるが答えた。

「中食は三十食ですが、お客様がわっと見えるので」

優之進が身ぶりをまじえた。

「実は、今日つれてきたおさとが、どこかの見世で働いてみたいとかねて言っておりましてね」

上州屋のあるじが末娘のほうを手で示した。

「お見世はいろいろありますけど、ことに食べ物屋さんで働いてみたいと」

おさとがはきはきした口調で言った。

「さようですか。どうしましょう、おまえさま」

おはるは優之進にたずねた。

「いま手伝ってくれている女房衆を交替にしてもらって、代わりに通いで入ってもらうことはできるな」

優之進はそう答えると、厨を出て座敷に向かった。

「うちでよろしければ、来てくださいまし」

晴やのあるじが言った。

「さようですか。……なら、お世話になるか？」

巳之吉がおさとに問うた。

「はい。よろしゅうお願いいたします」

おさとはていねいに頭を下げた。

「どうかよろしゅうに」

紋吉も笑顔で言った。

「紋吉さんのかわら版がつむいだ縁だから」

と、おはる。

「気張ってやりますんで」

おさとはそう言うと、またかき揚げに箸を伸ばした。

第七章　高野豆腐の味

一

翌日から、おさとはさっそく晴やに来た。

中食が始まるだいぶ前に姿を現したので、まずは優之進が家主と長屋の女房衆に紹介した。

「そうかい。初めから気張りすぎずにやりなさい」

杉造が温顔で言った。

「はいっ」

おさとは元気よく答えた。

「なら、初日だから二人ついて、あとは交替で入りましょうか」

おまさがおそのに言った。

「そうね。片方は運び役、片方は教え役で」

おそのが答える。

「お客さんはいい人が多いから、楽にね」

おたきも出てきて声をかけた。

手伝いに入ってくれることもある女だ。

「はい、ありがたく存じます」

おさとは頭を下げた。

歳は十四。長屋の女房衆にとってみれば娘みたいなものだ。

錺職の平太も出てきた。

「気楽にやんな。おいらも食いに行くからよ」

気のいい男が声をかける。

「お待ちしております」

おさとはまた頭を下げた。

「その様子なら、客あしらいは大丈夫だね」

家主が太鼓判を捺した。

「よし。なら、戻って支度だな」

優之進が両手を一つ打ち合わせた。

「はいっ」

またいい声が返ってきた。

二

けふの中食
けんちんうどん
茶めし
小ばち　香のもの
三十食かぎり三十文
　　　　晴や

晴やの前に、そんな貼り紙が出た。

「じゃあ、のれんを出すわね。気張っていきましょう」

おはるが言った。

「はいっ」

おさとは前掛けに手をやった。

今年から、みな同じ前掛けをするようにした。

のれんと同じ明るい柑子色で、晴、と染め抜かれている。

たとえ外は雨でも、晴やの中はいつも晴れ。

そう言われるほど華やいだ雰囲気だ。

おまさとおその、もちろんおはるも同じ前掛けをしている。

「気張っていくべ」

紋吉が笑顔で言った。

おさととはすっかり打ち解けて、上州の話などをしている。

「うんっ」

おさとは一つうなずいた。

のれんが出た。

すでに外で待っていた客がいくたりかいた。

「おいらが一番乗りだ」

「今日もうまそうだな」

河岸で働く男たちが座敷に向かう。

「いらっしゃいまし」

「空いているところへどうぞ」

おまさとおそのが身ぶりをまじえる。

「はい、上がりました」

優之進が言った。

「初めはわたしが」

おまさが膳を手にした。

おさとがうなずいて見守る。

「はい、お次の膳も」

紋吉も手を動かしていた。

当初とは見違えるほど堂に入った手さばきだ。

「お待たせいたしました。けんちんうどんと茶飯の膳でございます」

おまさが座敷の客に膳を出した。

「どうぞごゆっくり」

おさとも声をかける。

「おっ、見慣れねえ顔だな」

「新入りかい？」

河岸で働く男たちが問う。

「はい。今日からつとめはじめた、さとと申します。どうぞよろしゅうに」

おさとは、はきはきした口調で答えた。

「いくつだい」

「十四です」

「そうか。娘ざかりだな」

「嫁に行ってもいいころだ」

客がそう言ったから、おさとは少しあいまいな顔つきになった。

客は次々にのれんをくぐってきた。

錺職の平太に、桐板づくりの職人衆。近くの隠居に、普請場が近い大工衆。座敷も一枚板の席も、たちどころに埋まった。

「わたしもやってみます」

おさとが手を挙げた。

「なら、ちょうど上がったから」

紋吉が盆を手に取って優之進の顔を見た。

「おう、いいぞ。渡してやれ」

手を動かしながら、優之進が言う。

「へえ、承知で。……お願いします」

修業中の若者から手伝いを始めた娘へ、けんちんうどんと茶飯の膳が渡った。

指がわずかに触れ合う。

「はいっ」

おさとは盆を受け取ると、慎重に一枚板の席へ運んだ。

「お待たせいたしました」

軽く頭を下げて、隠居の前に置く。

「おお、来たね。ご苦労さま」

客は温顔で労をねぎらった。

その様子を勘定場から見ていたおはるは思った。


これなら大丈夫。

きっといいお運び役になってくれるわ。


晴やのおかみはそう確信した。

ほうぼうで箸が小気味よく動いた。

「相変わらずうめえな、晴やのうどんは」

「こしがあって、具だくさんで」

「茶飯もうめえ」

評判は上々だった。

「ありがたく存じました」

勘定を終えて出ていく客に、おさとも声をかけた。

「またのお越しを」

競うように、紋吉も声を出す。

活気に満ちた晴やの中食は、好評のうちにすべて売り切れた。

三

「お疲れさまでした」

おはるがおさとの労をねぎらった。

「はい、なんとか終わりました」

おさとが笑みを浮かべた。

「上手だったわよ」

おまさが言う。

「そうそう。初日であれだけできれば申し分ないと思う」

おそのも和す。

「声もよく出てたべ」

紋吉が白い歯を見せた。

「元気が取り柄だから」

おさとも笑顔で答えた。

惣菜の大鉢が次々に出た。

女房衆が丼や椀を手にして買いに来る。

だし汁を存分に吸った高野豆腐に卯の花。金平牛蒡に大根と人参の炊き合わせ。素朴だが、飽きのこない惣菜だ。

「味見してみる？」

おはるがおさとに水を向けた。

「ええ」

おさとの瞳が輝いた。

娘がまず味見をしたのは、高野豆腐だった。

「おいしい」

おさとは満足げに言った。

「気にいったかい」

優之進が問う。

「ええ。じゅわっと甘いおだしが出てきて、とってもおいしいです」

おさとが笑みを浮かべた。

「おいらもこの高野豆腐が好きで」

紋吉が厨から言った。

「甘いけど、甘すぎないところがいいわね」

と、おまさ。

「つくり手のお人柄が出るから」

おそのが言った。

「ほんとにおいしいです。いくらでも食べられそうです」

おさとがそう言って一つ目の高野豆腐を胃の腑に落とした。

「手間賃のうちだから、持って帰っていいよ」

優之進が言った。

「ほんとですか？　高野豆腐はおっかさんが好物なんです。きっと喜びます」

おさとは本当に嬉しそうに答えた。

「うちの亭主もここの高野豆腐が大好物で」

「うちは金平と卯の花かな」

「晴やの惣菜があれば、いくらでもお酒を呑めるそうで」

女房衆がひとしきりさえずる。

ややあって、支度が整った。

「では、明日また参ります」

惣菜の椀を包んだ風呂敷を大事そうに抱えて、おさとが言った。

「ああ、お願いします」

「気をつけて」

晴やの夫婦が言った。

「また、明日」

紋吉がさっと右手を挙げた。

「ええ、よろしゅうに」

おさとが明るく答えた。

四

翌日の中食の顔は鰤大根だった。

寒鰤は照り焼きもしばしば出すが、同じ冬の味覚の大根と合わせた鰤大根もうまい。大豆と油揚げと牛蒡の炊き込みご飯に、根深汁と小鉢が二つ付いたにぎやかな膳になった。

「お待たせいたしました。鰤大根のお膳でございます」

おさとが座敷に膳を運んでいった。

「おう、元気がよいな」

境川不二の顔がほころんだ。

今日は弟子たちとともに顔を見せている。

「はいっ」

おさとが頭を下げた。

簪に付けた赤い南天《なんてん》の実がふるりと揺れる。

ここで講釈師の大丈も姿を見せた。

「おお、わがかわら版の縁にてつとめを始めし娘、運び役はいかがなりや」

大丈はそう言って一枚板の席に腰を下ろした。

「まだ二日目ですけど、少しは慣れました」

おさとは答えた。

「重畳《ちょうじょう》なり」

大丈がうなずく。

「若いから、わたしより上手で」

おそのが言った。

昨日は教え役を兼ねておまさと二人がかりだったが、大丈夫そうだから今日は一人だけだ。

「はい、上がりました」

紋吉が言った。

「手が速くなったな」

優之進が笑みを浮かべる。

「いや、まだまだで」

鉢巻き姿の紋吉が答えた。

「ただし、一膳ずつていねいに仕上げろ」

優之進が手綱《たづな》を締めるように言った。

「承知で」

紋吉は帯を一つたたいておのれに気合を入れた。

鰤大根の膳は飛ぶように出て、早くも残りがわずかになった。

「よし、うまいものを食ったから、気張って稽古だ」

腰を上げた境川不二が言った。

「はい」

「気を入れていきます」

弟子たちが続く。

大丈も食べ終えた。

「鰤大根《だいこ》晴やの膳のあたたかさ……字余りなし」

一句口走る。

「ああ、いいですね。できれば紙に書いていただければと」

おはるが言った。

「いい引札《ひきふだ》になりそうです」

優之進も乗り気で言う。

「ならば、そのうちしたためて持参することにしよう。呵々《かか》」

講釈師が機嫌よく笑った。

五

二幕目には左門と猛兵衛がつれだって入ってきた。

もっとも、示し合わせたわけではなく、たまたま一緒になったらしい。

ちょうどおさとが支度を整えて帰るところだったから、さっそく二人にあらましを伝えた。

「そうかい。上州屋ならいくたびか行ってるぜ」

顔の広い廻り方同心が言った。

「品ぞろえがいいことで昔から評判だったからね」

左門が笑みを浮かべた。

「ありがたく存じます。父が喜びます」

おさとが頭を下げた。

「上州出身の紋吉さんに、上州屋のおさとちゃん。縁がつながってきたので」

おはるのほおにえくぼが浮かんだ。

「なら、上州のうめえもんを出さねえと」

猛兵衛が言った。

「おっきりこみと味噌饅頭なら、つくらせてもらいました」

紋吉が厨から言った。

「江戸の料理はだいぶ憶えたかい」

左門が訊く。

「へえ。毎日が修業で」

紋吉がいい声で答える。

「腕はめきめき上がってるんで」

優之進が言う。

「そりゃ何よりだ」

猛兵衛が笑みを浮かべた。

「紋吉さんのまかないはどれもおいしいです」

おさとが言った。

「ありがてえこって」

紋吉は笑顔で答えた。

「明日は休みだから、よそのうまい見世へ行って舌だめしをして来い」

優之進が言った。

「それも修業のうちだからな」

と、左門。

「うまいっていう評判の見世ならいくらでも知ってるからよ。食って廻る暇はとてもねえが」

廻り方同心がおのれの耳に手をやった。

「なら、猛さんにいい見世を教わったら?」

おはるが水を向けた。

「では、教えていただければ」

紋吉は乗り気で答えた。

「おう、いくつか教えてやるから、そのなかから選べ」

猛兵衛が笑みを浮かべた。

ここでおさとがやにわに手を挙げた。

「わたしも行ってみたいです」

娘の明るい声が響いた。

「えっ、おさとちゃんも?」

紋吉が驚いたように言う。

「ええ。おいしいものを食べるのは好きなので」

おさとは屈託なく言った。

「若い二人で行けばいいよ」

左門が言った。

「よし、なら紙に書いてやろう」

猛兵衛が軽く手を打ち合わせた。

ほどなく、支度が整った。

廻り方同心がさらさらと筆を走らせる。

うなぎ　京橋　伊勢屋《いせや》彦八《ひこはち》
そば　日本橋河岸　雪窓庵《せっそうあん》文吉《ぶんきち》
茶づけ　日本橋通三丁目　三河屋《みかわや》徳兵衛《とくべえ》
料理　江戸橋際　桝屋《ますや》久兵衛《きゅうべえ》

「近場なら、まあこんなとこだな」

猛兵衛が紙を渡した。

「ありがたく存じます。舌だめしをしてきますんで」

紋吉が受け取って頭を下げた。

「みな廻ったら腹がふくれちまうから、どこへ行くか相談して決めな」

廻り方同心が言った。

「あの、わたし……甘いものもいただきたいです」

紙を見たおさとが思い切ったようにそう言ったから、晴やに和気が生まれた。

「汁粉とか、団子とかだな」

優之進が笑みを浮かべる。

「それなら、わたしがいくらでも教えるから」

おはるのほおにえくぼが浮かんだ。

「まずは料理の舌だめしをしてからだな。それから、まだ腹に入るようなら、甘いものも食えばいい」

左門が言った。

「へえ」

「そうします」

若い二人の声がそろった。

第八章　二人の舌だめし

一

「いきなり鰻だと、おなかがいっぱいになりそう」

猛兵衛が書いてくれた紙を見ながら、おさとが言った。

「そもそも、うちの旅籠じゃ鰻は出ねえべ」

紋吉が笑みを浮かべた。

「上州では獲れないの？」

おさとが驚いたように訊いた。

「獲れるところもあるだろうけど、うちのほうじゃ獲れねえべ。鮎とか山女《やまめ》とかだな」

紋吉は答えた。

「なら、よそにしましょう」

おさとが言った。

「んだね。蕎麦がいいかも。うちでも出すから」

紋吉が言った。

「だったら、日本橋のお見世へ」

また紙に目をやってから、おさとが言った。

話が決まった。

紋吉とおさとは日本橋河岸の蕎麦屋、雪窓庵に向かった。

さすがに名店で、いくらか入りづらい見世構えだったが、二人は勇《ゆう》を鼓《こ》してのれんをくぐった。

「いらっしゃいまし」

おかみが値踏みするように若い二人を見る。

「もりを二枚」

紋吉は指を二本立てた。

「もりでございますね。承知いたしました」

まだ少しいぶかしげながらも、おかみは頭を下げた。

「このあとはどこへ？」

おさとが小声でたずねた。

「茶漬けか料理屋かどちらかだね」

もう一度紙を見て、紋吉が答えた。

「お料理屋さんは何が出るか分からないわけね」

と、おさと。

「うん、まあ、訊いてみれば分かるべ」

紋吉が少し首をかしげた。

「だったら、お料理屋さんへ行ってみて、まだ胃の腑に入るようだったらお茶漬け屋さんにも」

おさとが笑みを浮かべた。

「甘いものはどうするべ？」

紋吉が訊いた。

「それはまあ……別腹で」

おさとがそう言って帯に手をやったから、紋吉は笑顔になった。

ここでも蕎麦が来た。

御膳粉《ごぜんこ》を使った白い蕎麦だ。

上品な蒸籠《せいろ》に盛られている。さすがに名店らしいたたずまいだ。

蕎麦もさすがの仕上がりだった。つゆもこくがあってうまい。

さりながら……。

惜しむらくは、もりが少なかった。

いくたびかたぐったら、あっけなくなくなるほどの量だ。

「今日はほうぼうを廻るから、かえってよかったべ」

紋吉が声を落として言った。

「清流屋さんで出すお蕎麦じゃなかったわね」

おさとも小声で言う。

「うちのは蕎麦の香りがする田舎蕎麦だから」

と、紋吉。

「太打ちでかみごたえがあるお蕎麦」

「そうそう。おとうから教わった」

紋吉は身ぶりをまじえた。

結局、初めの舌だめしはあまり役に立たなかった。

若い二人は次の見世に回った。

二

「こ、ここはちょっと……」

紋吉が二の足を踏んだ。

江戸橋際の料理屋、桝屋久兵衛の前だ。

忍び返しまでついた黒塀の上に、見事な松の木の枝が張り出している。見越しの松だ。

御料理　桝屋

そう記された置き看板と軒行灯《のきあんどん》にも風格がある。

一見《いちげん》の客など来なくていい。

そう告げているかのようだ。

「お高そうね」

おさとが声を落として言った。

「こりゃ半端《はんぱ》な値じゃねえべ」

紋吉が首をすくめた。

後ろから駕籠が来た。黒塗りの宝仙寺《ほうせんじ》駕籠だ。

「お大尽《だいじん》が乗る駕籠だべ」

通り過ぎたあと、紋吉が小声で言った。

「わたしたちにはお門違《かどちが》いかも」

おさとが言う。

「料理だって、とんでもねえものが出るべや」

紋吉が怖そうに言った。

「そんなものを無理して舌だめしをしなくても」

おさとが首を横に振った。

「あーね」

紋吉がうなずいた。

上州弁で、「たしかに」「そうだね」という意だ。

「うちは山女や鮎を焼いたのや、おっきりこみや、蕎麦や蒟蒻なんぞを出す宿だべ。お大尽が食べる料理を学んでも仕方ねえ」

清流屋の二代目が言った。

「そうね。次へ行きましょう」

おさとが笑みを浮かべた。

「あーね。次は茶漬け屋だべ」

紋吉も表情をやわらげた。

三

日本橋通三丁目の三河屋徳兵衛も名店だが、桝屋久兵衛に比べるとはるかに入りやすかった。

「何にするべ？」

品書きに目を通した紋吉がおさとに訊いた。

「そうね、鯛茶漬けを食べたいけど、ちょっとお高いし、上州では出ないから」

おさとは思案してから答えた。

「上州のことは考えなくていいべや」

紋吉が笑みを浮かべた。

「でも、清流屋さんを再び興《おこ》すために舌だめしに来てるんだから、いくら食べたいからって関わりのない鯛茶にするわけには」

おさとは首を横に振った。

「なら、梅茶漬けあたりを」

紋吉は品書きを指さした。

「そうね。それなら」

おさとは笑みを浮かべた。

ややあって、盆が運ばれてきた。

「お待たせいたしました。梅茶漬けでございます」

おかみとおぼしい女がていねいに蓋付きの椀を置く。

箸置きと塗り箸。香の物の小皿。

どれも上品だ。

「あ、ありがたく存じます」

紋吉が緊張気味に言った。

「どうぞごゆっくり」

若い二人を見下す様子もなく、おかみはにこやかに下がっていった。

二人はさっそく舌だめしをした。

「うめえべ」

紋吉が満足げに言った。

「ほんと、梅干しも煎茶もおいしい」

おさとが笑みを浮かべる。

「米もいい。うめえべ」

紋吉は繰り返した。

「お味はいかがでしたか」

ややあって、おかみが現れて問うた。

紋吉はおさとの顔を見た。

つい訛《なま》りが出てしまうから、受け答えはあまり得手ではないようだ。

「とってもおいしかったです。こんなお茶漬け、初めていただきました」

それと察して、おさとが代わりに答えた。

「さようですか。それは良うございました」

おかみは笑顔で言った。

「ことに梅干しがおいしかったです」

と、おさと。

「いい梅を使っておりますので」

おかみは得意げな顔つきになった。

「うちの旅籠でも、こんな茶漬けを出したいと」

紋吉が口を開いた。

「上州沼田の旅籠の跡取りさんなんです。今日は舌だめしにうかがいました」

おさとが言葉を添えた。

「さようですか。お役に立てれば幸いです。いくらでもお教えいたしますので」

おかみは快くそう言ってくれた。

その言葉に甘えて、茶漬けを食べ終えてから厨を見させてもらうことにした。

厨では紋吉よりいくらか年上の若者が修業していた。この見世の三代目らしい。

煎茶のいれ方から盛り付けまで、あるじは手際よく勘どころを教えてくれた。

「箸休めには塩昆布がいいでしょう。もちろん、お茶漬けに入れて味が変わるのを楽しむのもよろしいです」

物腰のやわらかなあるじが言った。

「塩昆布はお汁粉に付いてきたりしますね」

と、おさと。

「箸休めに食べると、汁粉の甘みがなおありがたく感じられますから」

あるじが笑みを浮かべた。

「塩昆布のお茶漬けもうまそうです」

やっとほぐれてきた紋吉が言った。

「さようですね。海苔や鯛や漬物、茶漬けは何でもいけますから」

三河屋のあるじが笑顔で言った。

梅干しの仕込み方まで教わり、若い二人は厨を辞した。

「気張ってな、二代目」

最後に、茶漬け屋の三代目が声をかけた。

「うん、気張るよ」

紋吉は白い歯を見せた。

四

茶漬け屋を出た若い二人は、京橋の裏通りの団子屋へ向かった。

目立たないところだが隠れた名店で、長床几《ながしょうぎ》には客の姿が絶えない。

ここは優之進から聞いて足を運んだ。さすがは元定廻り同心で、どこにどういう見世があるかよく心得ている。

「あっ、あれね」

おさとが指さした。

二つつなげた形の長床几には客が四人、見世の前にも短いながらも列ができている。さすがは人気の団子屋だ。

「いい匂いだべ」

紋吉が手であおいだ。

「とにかく並びましょう」

「あーね」

二人は列の終いに並んだ。

みたらし団子と餡《あん》団子。その二品しかない。それぞれ四つずつ串に刺してある。

持ち帰りか長床几で食べるか訊かれる。値はつくが、茶も出る。

紋吉とおさとはもちろんその場で食べることにした。順が来たので、それぞれ二本ずつ頼んだ。

「お待たせいたしました」

おかみのいい声が響いた。

夫婦《めおと》で営んでいる団子屋だ。あるじは奥でしきりに手を動かしている。

「ありがたく存じます」

おさとが笑顔で皿を二つ受け取った。

「お茶もどうぞ」

湯呑みが出る。

「はいよ」

こちらは紋吉が受け取った。

先客に会釈《えしゃく》をして、若い二人は長床几に腰を下ろした。

少し間を空けたところで、隠居とそのつれあいとおぼしい女が団子を食べながら茶を呑んでいる。

「どっちから食うかな」

紋吉が皿を見た。

「わたしは餡団子から」

おさとが先に手を伸ばした。

「なら、おいらはみたらしだべ」

紋吉も続く。

その様子を、老夫婦が温顔で見守っていた。

「あ、おいしい」

餡団子を食したおさとが声をあげた。

「うめえべ」

みたらし団子を食した紋吉も笑みを浮かべた。

「餡が甘すぎなくてちょうどいいわね」

と、おさと。

「あーね。ちょうどいいべ」

紋吉がうなずいた。

「お茶もおいしい」

おさとが満足げに言った。

「うちも茶はいいのを出してるべや」

清流屋の跡取り息子が湯呑みを少しかざした。

「どちらの出で？」

隠居がたずねた。

「あ、へえ、上州の沼田で」

紋吉は背筋を伸ばして答えた。

「わたしは父が沼田の出で。その縁もあって、紋吉さんが修業している晴やさんというお見世を手伝っています」

おさとははきはきした口調で言った。

「おとうが死んで、いまは閉めてる旅籠を継ぐつもりで」

紋吉はそう言って茶を啜った。

「それはそれは、気張ってくださいまし」

つややかな白髪の媼《おうな》が情のこもった声で言った。

「夫婦になって、旅籠を継ぐのかい」

隠居が思いがけないことを問うた。

「い、いや、そういうわけじゃねえべ」

紋吉はどぎまぎしながら言った。

おさとも急に真っ赤になった。

「一緒にやればお似合いですよ」

媼が笑みを浮かべる。

「はあ、まあ……」

赤い顔で、おさとはあいまいな返事をした。

五

「もうおなかがいっぱい」

おさとが歩きながら帯に手をやった。

「団子もわりかた食べでがあったべ」

紋吉が言う。

「清流屋さんの味噌団子とどちらが？」

おさとが訊いた。

「うちのほうが大きいべや」

紋吉は答えた。

「それはお客さまが喜ぶわね」

おさとが笑みを浮かべた。

晴やのほうへしばらく歩くと、向こうから猫が歩いてきた。

「黒兵衛ちゃんかと思ったら、違った」

おさとが言った。

「首紐をしてねえべ。うちのおかあのとこにも猫がいるけど」

と、紋吉。

「旅籠にはいないのね」

裏通りを歩きながら、おさとが言う。

「おかあが引き取ったべ。いずれまた旅籠で飼ってもいいけど」

紋吉は少し考えてから答えた。

「黒兵衛ちゃんみたいな福猫を飼いましょう」

おさとの瞳が輝いた。

「あーね。んでも……」

紋吉は言いよどんだ。

「でも？」

おさとが先をうながす。

紋吉はふと空を見た。

鳥が舞っている。

光を浴びた羽が鮮やかだ。

その目にしみるような白い羽を見ているうち、思いがけない言葉が浮かんだ。

「猫の世話をしてくれる……おかみでもいねえと、猫は飼えねえべ」

いくらか間を置いてから、紋吉は言った。

黒兵衛に似た黒猫が軽快に走り去っていく。

若い二人はその背を見送った。

「おかみがいないと」

おさとが繰り返した。

「あーね」

上州の言葉で、紋吉は短く答えた。

十歩ほど、若い二人は並んで歩いた。

おさとが立ち止まる。

紋吉も歩みを止めて娘を見た。

目と目が合った。

「いいわよ」

と、おさとは言った。
早春の風が吹き抜けていく。
少し間があった。
「おかみになっても、いいわよ」
おさとはそう言って笑みを浮かべた。
それを聞いて、紋吉も白い歯を見せた。

第九章　宴《うたげ》の支度

一

「びっくりしたけど、よかったわね」

おはるが言った。

「二人で舌だめしに行くだけかと思いきや、こんな成り行きになるとは」

優之進が笑みを浮かべた。

おるみの寝息が聞こえる。

もう夜は更けていた。親子三人で川の字になって寝ている。

「ほんと、びっくり」

おはるは重ねて言った。

遠くでかすかに夜泣き蕎麦の売り声が聞こえる。すきま風はまだ冷たい。

「まあしかし、こういう縁のものは勢いもあるから」

優之進がいくらか眠そうな声で言った。

「そうね。上州屋さんもびっくりしたと思うけど」

と、おはる。

「あいさつに行かせてどうかと案じていたんだが、うまくいって重畳だった」

優之進が言った。

「帰ってきたときの紋吉さん、本当に晴れ晴れとした表情だったわね」

おはるが思い返して言った。

「ああ。上州屋さんが快く許してくださってありがたいかぎり」

と、優之進。

「明日見えたら、心をこめておもてなしをしないと」

おはるが芯のある声で言った。

紋吉の話によると、上州屋のあるじの巳之吉は、明日の二幕目に顔を見せてくれるらしい。どうやらそこで祝言《しゅうげん》の宴《うたげ》の相談になりそうだ。

「そうだな。気を入れて料理をつくろう」

優之進がそう言ったとき、おるみに添い寝をしていた黒兵衛が動いた。

「みゃーん」

ひと声ないて、おはるのほうに来る。

「よしよし、いい子ね。おまえはほんとに福猫ね」

おはるはそう言ってなでてやった。

「紋吉のおっかさんも猫を飼っていると聞いた。上州でみなで暮らせるようになればいいな」

優之進がしみじみと言った。

「おさとちゃんがおかみで旅籠に入れば、きっとそうなるはず」

黒兵衛の背をなでながら、おはるが言った。

晴やの福猫は、また気持ちよさそうにのどを鳴らした。

二

翌日――。
おさとは変わりなく中食の手伝いに姿を現した。

「今日もよろしゅうに」

おはるが明るく声をかけた。

「はいっ」

おさとは元気のいい返事をした。

「気張っていこう」

厨で手を動かしながら、紋吉が言った。

「うん」

清流屋のおかみになる娘がうなずく。

ここで手伝いのおまさが顔を見せた。

「中食が終わったら伝えるから」

おはるが声を落としておさとに言った。

おさとは少し恥ずかしそうな顔つきになった。

ほどなく、支度が整った。

「よし、のれんを出してくれ」

優之進が両手を打ち合わせた。

「承知で」

抱っこ紐におるみを入れたおはるが動こうとした。

「あ、わたしがやります」

大儀そうなおはるの代わりに、おさとが手を挙げた。

「そのうち、旅籠ののれんを出さなきゃならないからな」

優之進が笑みを浮かべた。

「はい」

おさとは素直に答えて、「晴」と染め抜かれた柑子色ののれんを出した。

「おっ、一番乗りだぜ」

桐板づくりの親方の辰三が右手を挙げた。

「おお、いい匂いだ」

「腹一杯食うぞ」

弟子たちが続く。

「おう、たらふく食ってまたひと気張りだ」

親方が言った。

「へいっ」

「合点で」

弟子たちは勇んで座敷に上がった。

けふの中食
ぶりてりやき
茶めし
けんちん汁
おひたし
三十食かぎり三十文
　　　　晴や

そんな貼り紙が出ている。

なじみの大工衆に近くの隠居、それに、常連の講釈師の大丈。客は次々にのれんをくぐってきた。

「照り焼きのたれがうめえな」

「なら、おめえはたれだけ食ってな」

「んな殺生《せっしょう》な」

大工衆がにぎやかに掛け合う。

鰤の照り焼きのたれには手間をかけている。

酒、味醂《みりん》、濃口醤油、砂糖。これに焼き葱と焼き椎茸を加えてことことと煮るのだ。二割くらい煮つめてやると、野菜のうま味が存分に引き出される。

鰤の切り身は、たまり醤油にほどよくつける。こうすれば鰤の脂がいい塩梅に抑えられ、たれの乗りもよくなる。

串を打ったら、いよいよ焼きだ。

串を回しながら六分ほど焼けたら、たれをかけて焼く。

「片面につき三回ずつだぞ」

優之進が紋吉に言った。

今日は弟子にも焼きを任せている。

「へいっ」

気の入った声を発すると、紋吉はたれをかけた。

「一《ひい》、二《ふう》、三《みい》」

数を数えながらたれをかけ、煙が立ったところで団扇《うちわ》であおいで煙を逃がす。

たちまちいい香りが漂った。

親方の辰三が照り焼きを食すなり言った。

「こりゃ、うめえ」

「けんちん汁も相変わらずで」

「椀を持ったら重いや」

「具だくさんで身の養いにもなるぞ」

弟子たちが言う。

「身の養いならば大根菜のお浸しも……字余り」

大丈がすかさず出来の芳しくない発句で応じる。

「けんちん汁の豆腐や蒟蒻、大根や人参や葱や里芋、みなうちでつくってるので」

紋吉が言った。

「それなら、毎日出せるわね」

と、おさと。

「清流屋の名物にするべ」

紋吉が白い歯を見せた。

「味噌団子やおっきりこみなどもあるし、川魚もうまい。名物だらけだな」

優之進が笑顔で言った。

「へい」
紋吉がいい表情で帯を一つたたいた。

三

中食は今日も滞りなく売り切れた。
おはるとおさとが一枚板の席をていねいに拭く。
そこへ優之進と紋吉が惣菜の大鉢を一つずつ運んでいった。
高野豆腐に卯の花、金平牛蒡に雷蒟蒻。
中食の小鉢でもあった大根菜のお浸しに、ひじきと大豆と油揚げの煮物。
どれも飽きのこない味つけだ。
「みなを呼んできますね。おめでたい話を伝えないと」
手伝いのおまさがさっそく動いた。
「そうですね。長屋を挙げてお祝いで」
おはるのほおにえくぼが浮かんだ。
ややあって、人がいくたりかあわただしくやってきた。

「おう、めでてえじゃねえか」

真っ先に声を発したのは錺職の平太だった。

「ほんとに、やることが早いので、紋吉さん」

おまさが笑った。

「聞いてびっくり」

おそのが胸に手をやった。

「何にせよ、おめでたいことで」

丼を手にしたおたきが言った。

祝いを述べた帰りに惣菜を買って帰るつもりだ。

「ありがたく存じます」

紋吉が満面の笑みで言った。

「また次の店子を探さなきゃいけないね」

家主の杉造が笑って言う。

「まだしばらくはこちらで修業をと」

紋吉が言った。

「教えられることはすべて教えるからな」

優之進が言った。

「お願いいたします、師匠」

紋吉が小気味よく頭を下げた。

「祝言の宴はここでやるのかい」

家主が問うた。

「これから上州屋さんが見えるので、相談してみます」

優之進が答えた。

「そうかい。何にせよ楽しみだね」

杉造が温顔で言った。

「ええ、楽しみです」

若い二人を見て、おはるが言った。

四

「それはぜひ、よろしゅうお願いいたします」

上州屋のあるじの巳之吉が言った。

紋吉とおさとの祝言の宴を晴やで開くという例の話だ。

「承知しました。気を入れてつくりますので」

優之進が軽く二の腕をたたいた。

「そんなに大人数にはならないから、こぢんまりとした宴で」

小間物問屋のあるじはそう言うと、おはるがついだ酒を呑み干した。

「紋吉さんは厨に入るの？」

おさとがたずねた。

「主役が料理をつくってちゃ駄目だよ」

父が娘に言った。

「つくりたいのはやまやまだけど」

と、紋吉。

「新郎さんは、でんと構えててもらわないと」

おはるが笑みを浮かべた。

「紋付袴《もんつきはかま》は貸すからな。ちょっと大きいかもしれないが」

優之進が言った。

「ありがたく存じます」

上州沼田から出てきた若者が頭を下げた。

それからさらに宴の段取りの話になった。

「宴の余興なら、父が喜んでやるだろう」

優之進が言った。

「それだったら大丈さんにも」

おはるが言った。

「そうだな。一句詠《よ》んでいただかないと」

優之進はすぐさま答えた。

「晴れ姿なので、いい駕籠の段取りを整えてやろう」

巳之吉が娘に言った。

「晴れるといいわね」

おさとが笑顔で答えた。

「おいら、晴れ男だから」

紋吉が帯を軽くたたいた。

「ほかに何かあるかな？」

優之進がおはるの顔を見た。

「そうね……あっ、一つ思いついた」

おはるは両手を軽く打ち合わせた。

「何だ」

優之進が問う。

「小幽さんをお呼びして、絵を描いていただいたらどうかしら。のちのちまで残るようなものがあればと」

おはるは答えた。

「ああ、なるほど」

優之進はうなずいた。

「うちのお客さんに町狩野の絵師さんがいるんです。その方に祝言の絵を描いていただければと」

晴やのあるじは巳之吉に言った。

「それはぜひお願いいたします。手間賃は多めに出させていただきますので」

上州屋のあるじが乗り気で言った。

話が一段落したところで肴が出た。

早春の恵み、白魚《しらうお》の天麩羅だ。

「これは塩でお召し上がりください」

優之進が勧めた。

「おいしそうだね」

巳之吉がさっそく箸を伸ばした。

さくっと揚がった天麩羅を口中に投じる。

「うん、口の中でとろけそうだよ」

上州屋のあるじは満足げに言った。

五

段取りは進んだ。

猛兵衛が見廻りの途中に立ち寄ったから、かいつまんで話を伝えた。

「なら、ご隠居に言っとくぜ。絵師と余興だな?」

廻り方同心が念を押すように問うた。

「余興はまあほどほどで」

優之進は苦笑いを浮かべた。

「呑ませすぎなきゃ、まあ大丈夫だろう」

猛兵衛が笑って答えた。

翌《あく》る日の二幕目――。

吉塚左門は狩野小幽とともに晴やののれんをくぐってきた。實母散の喜谷新右衛門もいる。例によって、軽く呑んでから三番屋へ行くらしい。

「祝言の絵なら、いくたびか描いたことがありますので」

総髪の絵師が笑みを浮かべた。

「どうかよろしゅうお願いいたします」

肴を運んできたおさとが頭を下げた。

今日は朋輩と晴やで待ち合わせて汁粉屋へ行くようで、二幕目に入ってもつとめを続けている。

「お任せください」

小幽が笑顔で答えた。

「弟子にもいい衣裳を着させますので」

優之進が厨から言った。

「長く飾っていただけるような絵にしますよ」

小幽の言葉に力がこもった。

肴はこれまた早春の恵み、蕗《ふき》の薹《とう》の天麩羅だった。

ほろ苦さがこたえられないひと品を抹茶塩で味わう。

「よろしゅうお願いいたします」

厨で手を動かしながら、紋吉が言った。

「味噌を焦がすなよ」

優之進が言った。

「へい」

若い料理人は気の入った返事をした。

蕗の薹はもうひと品、味噌焼きを出した。

酒でのばした田舎味噌を塗り、焦がさぬように香ばしく焼きあげる。

「これも酒が進むな」

左門が満足げに言った。

「まさにこの時季ならではの美味で」

喜谷家の隠居も和す。

「そのうち、筍《たけのこ》や山菜などもお出ししますので」

おはるが言った。

「蕎麦に合うので、うちの旅籠でも出します」

紋吉がいい顔つきで言った。

「もうすっかり二代目の顔だな」

優之進が頼もしげに言った。

「上州に帰ったらこういう献立にしようと、いろいろ思案してるので」

清流屋の二代目が答えた。

「よくその話をします」

おさとが笑みを浮かべた。

「いつか行ってみたいわね」

おはるが言った。

「それはぜひ。お待ちしております」

おかみの顔で、おさとが頭を下げた。

第十章　祝いの宴

一

晴やの前にこんな貼り紙が出た。

けふの中食
木の芽でんがく膳
おさしみ　若竹すひものつき
三十食かぎり三十文

なほ　あしたは祝言のうたげのためかしきりです

相すみません　　晴や

「おっ、祝言の宴かい」

「めでてえこって」

のれんをくぐってきた鯨組の大工衆が言った。

「だれの祝言だい」

棟梁の梅太郎がたずねた。

「うちのお手伝いのおさとちゃんと、厨で修業中の紋吉さんの祝言で」

おはるが嬉しそうに伝えた。

「は？」

梅太郎は目をまるくした。

「そりゃ初耳だぜ」

「いつのまにそんな話に」

「隅に置けねえな」

半纏の背に鯨をあしらった大工衆がさえずる。

「すまねえことで、へへへ」

厨で手を動かしながら、紋吉が笑った。

嬉しくてしょうがないという様子だ。

「祝言ってことは、上州へ嫁に行くのかい」

棟梁が問うた。

「はい。清流屋という旅籠のおかみになります」

おさとは笑顔で答えた。

「おかあを呼び寄せて、みなで暮らそうかと」

紋吉が厨から言った。

「そりゃ何よりだ」

鯨組の棟梁がうなずいた。

「上州でもうめえもんをつくりな」

「力を合わせてやりゃあ大丈夫だぜ」

大工衆が励ます。

「へえ、気張ってやります」

紋吉がいい声で答えた。

中食の評判は上々だった。

木の芽田楽《でんがく》は清流屋でも出せるだろうと、優之進がつくり方を伝授した料理だ。玉子の黄身をまぜた玉味噌に青寄せを加えて心弾む色と香りにする。青菜を細かく刻んでゆでてすり鉢ですりつぶし、塩少々と水を加え、ざるでこして鍋に入れ火にかける。それを布で裏ごししたものが青寄せだ。

この木の芽田楽味噌を豆腐に塗って、香ばしく焼きあげる。これまた春の恵みのひと品だ。

「いくらでも飯が進むぜ」

「ただの田楽もうめえけど、こりゃ格別だな」

大工衆の箸が動く。

「刺身もぷりぷりだ」

「鯛と赤貝だからよ」

少し遅れてやってきた河岸で働く男たちが言った。

「椀もまた春なり若竹と若布《わかめ》……お粗末」

大丈がいつもの発句《ほっく》を披露する。

それやこれやで、晴やの中食は今日も滞りなく売り切れた。

二

二幕目には、おはるの父、隠密廻り同心の十文字格太郎が十手持ちと下っ引きをつれてのれんをくぐってきた。

聞けば、手下が力を合わせて首尾よく空き巣を捕まえたらしい。打ち上げというほど大層なものではないが、ほうびの代わりに晴やで一献という成り行きになったようだ。

「明日は祝言の宴だってな」

格太郎が言った。

「おさとちゃんは支度もあるから早上がりで」

おはるが答えた。

「おう、楽しみだな、明日」

韋駄天の市蔵が紋吉に声をかけた。

「いまから心の臓が」

紋吉は胸に手をやった。

「一生に一度の晴れ舞台だからよ。うらやましいかぎりだぜ」

本当にうらやましそうに三杯飯の大吉が言った。

「木の芽田楽、いま上がります」

優之進が告げた。

「おう、いい香りだ」

座敷に陣取った格太郎が手であおぐ。

「丼飯もくんな。田楽をのっけて食ったらうめえんだ」

大吉が言う。

「おいらも、それなりの盛りの飯つきで」

市蔵も続く。

「承知しました。父上は？」

おはるが格太郎にたずねた。

「田楽だけで、飯はいい。あとは見繕ってうまい肴を」

隠密廻り同心が答えた。

「では、赤貝の刺身を」

優之進がさっそく包丁を握った。

「空き巣は一人捕まえてもまた出てくるが、向後《こうご》も頼むぞ」

格太郎がそう言って市蔵に酒をついだ。

「また気張りまさ」

韋駄天の十手持ちが渋く笑った。

見つかった空き巣はここを先途と逃げ出したが、市蔵の足にはかなわない。さほど間を置かずに捕まった。

元相撲取りの大吉も加勢に来て、たちまち締めあげて番所へ突き出したのだから手柄だ。

料理ができた。

木の芽田楽と赤貝の刺身。刺身には蕨《わらび》と若布も添えられているから、彩りも豊かだ。

「さっそくいただきまさ」

三杯飯の大吉はそう言うと、焼きたての木の芽田楽を飯にのせ、わっと口中に投じ入れた。

韋駄天の市蔵も続く。

「刺身からにするか」

しばらく孫のおるみをあやしていた格太郎が春の恵みに箸を伸ばした。

「うん、うめえ」

大吉の顔がほころぶ。

「ちょうどいい焼き加減だな」

市蔵も笑みを浮かべた。

「郷里《さと》にはいつ帰るんだ？」

刺身をこりっとかんでから、格太郎が厨の紋吉にたずねた。

「へえ、まずは明日が終わってからで」

紋吉が答えた。

「そのうち支度が整えばと」

優之進が言った。

「そうだな。江戸で学ぶことはすべて学んでおけ」

隠密廻り同心がそう言って、盃《さかずき》の酒を呑み干した。

「へいっ」

紋吉が肚から声を出した。

その声を聞いて、おはるが頼もしそうにうなずいた。

三

祝言の宴の日が来た。

紋吉が朝早くに顔を見せ、何か仕込みを手伝うと申し出た。

「宴の主役なんだから、今日は休みだ」

優之進が言った。

「はあ、でも、なんだか落ち着かないので」

紋吉はあいまいな顔つきで答えた。

「新郎さんにいられたら、こちらも落ち着かないから」

おはるが笑みを浮かべる。

「着付けは家主さんに頼んである。それまで、ゆっくり散歩でもしていろ」

優之進は笑みを浮かべた。

「はあ、なら、そうしまさ」

紋吉はあきらめて出ていった。

時が経ち、支度が整った。

晴やの座敷には早梅の花が飾られた。

白木《しらき》の三方に載せた焼き鯛も据えられた。紅白の水引があしらわれた立派な鯛だ。

座敷と一枚板の席だけでは足りないため、土間に花茣蓙《ござ》が敷かれた。紅白のおめでたい市松模様だ。

「あら、気に入ったの？」

おはるが声をかけた。

いつのまにか花茣蓙の上に黒兵衛が陣取っていた。

気持ちよさそうにのびをする。

それを見て、抱っこ紐に入ったおるみが笑った。

ややあって、錺職の平太が急ぎ足でやってきた。

「支度ができましたぜ」

同じ長屋に住む男が言った。

「なら、そろそろ駕籠が来るかもしれないし」

おはるは優之進の顔を見た。

「そうだな。先に陣取っていてもらおう」

晴やのあるじが答えた。

「呼んできまさ」

平太がさっそく動いた。

ほどなく、外から人の話し声が響いてきた。

長屋の衆とともに、新郎の紋吉が姿を現したのだ。

四

紋付袴に威儀を正した紋吉が、晴やの座敷に上がった。

「衣裳がちょっと大きくてすまんな」

優之進が言った。

「いえいえ、ありがてえこって」

頭を下げると、今日の主役はふっと一つ息をついた。

「馬子にも衣裳だな」

平太が笑った。

「ほんと、いい男っぷりで」

おまさが言う。

「晴れ舞台ね」

おそのも笑みを浮かべた。

ほかの女房衆も、ひと目見ようと詰めかけている。新婦の到着を前に、晴やはもう熱気に包まれていた。

「宴の最後にしゃべってもらうからな」

優之進が言った。

「来てくださったみなさんに御礼を」

おはるも言う。

「承知しました。気張ってしゃべります」

新郎が答えた。

「その顔つきなら大丈夫だね」

顔を見せた家主の杉造が温顔で言った。

ほどなく、左門が姿を現した。

こちらも定紋付きの羽織をきりっとまとっている。

「花嫁はまだだな」

元定廻り同心が晴やを見回して言った。

「おっつけ見えると思います」

おはるが言った。

大丈も来た。

「良き日和《ひより》で上々なり」

機嫌よさそうに言う。

こちらはいつもの講釈師のなりで、帯に白扇を差している。

そればかりではない。三味線も携えていた。

「今日は鳴り物も？」

おはるが問う。

「余興には入り用なり。いささか下手《へた》なれど、相方が不調のおりにはやつがれも弾いておるゆえ」

講釈師が答えた。

いつもは三味線弾きと組になって繁華な場所で講釈を披露している。

ややあって、おさとの朋輩《ほうばい》たちもやってきた。

「場所がないから、花茣蓙でいいかしら。先客がいるけど」

おはるが黒兵衛を手で示した。

「まあ、かわいい先客さん」

「望むところです」

「おいで、おいで」

桃割れに簪を挿した娘が看板猫に手を伸ばした。

物おじしない黒兵衛はさっそくひざに乗ってのどを鳴らしはじめた。

ややあって、表から駕籠屋の掛け声が響いてきた。


はあん、ほう……

はあん、ほう……


一緒に歩いている者たちに気を遣って、わざとゆっくり運んでいるような感じだ。

「あっ、見えたわね」

おはるの顔がぱっと晴れた。

新婦のおさとと、上州屋の面々が到着したのだ。

五

「わあ、おめでとう」

「とってもきれい」

白無垢《しろむく》姿で入ってきたおさとに向かって、招かれた娘たちが声をかけた。寺子屋仲間もいれば、幼なじみもいる。ことに仲のいい者たちだ。

「では、こちらに」

おはるが手で座敷を示した。

すでに紋吉が座っている。

上州から来た若者は、白無垢の花嫁をまぶしそうに見た。

おさとは少し恥ずかしそうにうなずくと、紋吉の隣に腰を下ろした。

これで役者がそろった。

上州屋からは、あるじの巳之吉とおかみ、それに、おさとの長姉と伯父が出ていた。小間物問屋は番頭に任せてある。

「それでは、固めの盃を」

優之進が父の顔を見た。

「憚《はばか》りながら、立合い役を」

左門がそう言って、朱塗りの酒器を手に取った。

みなが見守るなか、儀式は型どおりに粛々《しゅくしゅく》と進んだ。

紋吉に続いて、おさとも盃の酒を干す。

「これにて、二人は晴れて夫婦となりました。向後もよろしゅうに」

左門が張りのある声で言った。

「どうぞよろしゅうに」

上州の母親に代わって、おはるが頭を下げた。

「おめでとう」

「うらやましいわ」

娘たちからおさとに声が飛んだ。

「では、料理をどんどん運びますので」

優之進が厨から言った。

「おう、待ってました」

錺職の平太が両手を打ち合わせた。

「倖《しあわ》せのお相伴《しょうばん》にあずからん」

大丈が顎鬚に手をやる。

「このたびは、おめでたいことで」

左門が巳之吉に酒をついだ。

「これはこれは、恐れ入ります」

上州屋のあるじが背をまるめて受ける。

そうこうしているうちに、姿盛りの大皿が運ばれてきた。

すでに焼き鯛は出ている。

「これから天麩羅を揚げますので」

晴やのあるじが笑顔で言った。

六

焼き鯛に姿盛り。

縁起物の海老と鱚《きす》の天麩羅。

料理は次々に運ばれた。

おるみをあやしながら、おはるは酒も運んだ。宴はしだいにたけなわになってきた。

「おさとを頼むよ」

上州屋のあるじが紋吉に酒をついだ。

「へえ、気張ります」

清流屋のあるじになる若者が緊張気味に受けた。

「たまには便りをよこしてくださいね」

上州屋のおかみが笑みを浮かべた。

「へえ」

紋吉がうなずく。

「そのうち、いい知らせが届くさ。おさとに子ができたとかな」

おさとの伯父が笑って言った。

「もしそうなったら、久方ぶりに沼田へ行こう。もちろん、清流屋に泊まりで」

巳之吉が笑顔で言った。

「お待ちしております」

若主人の顔で、紋吉が答えた。

「では、宴もたけなわではございますが、そろそろ余興を」

優之進が出てきて左門の顔を見た。

「おれの出番か？」

いくらか赤くなった顔で、左門が答えた。

「あまり長くならないように」

優之進がクギを刺した。

「分かってるさ」

左門は苦笑いを浮かべておもむろに立ち上がった。

「ならば、二人の門出を祝して、ふつつかながら、都々逸《どどいつ》をひとくさり」

左門がそう切り出した。

「都々逸ならば、やつがれが合いの手を」

大丈が背に負うていた三味線を前に回して立ち上がった。

べべん、と鳴らす。

これで支度が整った。

「では」

帯を一つぽんとたたくと、左門は節をつけて都々逸を披露しはじめた。

雄と雌とで
つがいになれば
鳥はさえずる
子ができる

「よっ、はっ」

大丈が合いの手を入れる。

べべん、とまた三味線が鳴る。

上州名物
数々あれど
旅籠はここぞ
清流屋

その文句を聞いて、紋吉が一礼した。

「よっ、はっ」

余興はさらに続く。

江戸の晴やで
修業積み
女房とともに
守り立てる

旅籠繁盛
間違いなし
めでためでたの……

「よっ、はっ」
べべん、とひときわ高く三味線が鳴った。

大団円……

「よっ、日の本一」

おさとの伯父が声を放った。

拍手がわく。

大丈の三味線が響くなか、左門は芝居がかったしぐさで頭を下げた。

七

宴が進み、紅白蕎麦が出た。

御膳粉を使った真っ白な蕎麦と、紅生姜《べにしようが》を練りこんだぴりっと辛い紅蕎麦。色も風味も違うおめでたい二色の蕎麦だ。

「では、そろそろごあいさつをいただきたいと存じます」

優之進が段取りを進めた。

上州屋のあるじのほうを見る。

それと察して、巳之吉が立ち上がった。

「えー、本日はお忙しいなか、手前どもの末娘のおさとと、沼田の清流屋の跡取り息子の紋吉さんとの祝言の宴にお運びくださいまして、厚く御礼申し上げます」

上州屋のあるじはよどみない口調で話しだした。

「つい先だってのことのように思われますが、おさとがどこぞの見世でつとめをしてみたいと言うようになりまして、ついこのあいだまでおしめをしていたように思われるのですが、月日が流れるのは早いもので、おさとももう十四、今日は上の姉も来ていますが、このまま行き遅れでもしたら困るので、よそさまで働かせていただき、いずれ何か縁ができればと思っておりましたところ……」

巳之吉は一つ咳払いをしてから続けた。

「驚くほどの成り行きで、今日こうして祝言の宴であいさつをさせていただいているのは、まことにもってありがたいことで、神仏のご加護、いや、みなみなさまのおかげだと厚く御礼申し上げます」

両手を合わせると、上州屋のあるじはさらに続けた。

「手前は紋吉さんと同じ上州沼田の出でして、いささかわけあって郷里《さと》とは疎遠になっておりましたが、末娘が清流屋のおかみになれば、また太い絆《きずな》が生まれます。この先は折にふれてなつかしい上州沼田を訪れ、縁をつむいでいければと考えております。まだまだ若い二人ですが、向後もご指導ご鞭撻《べんたつ》を頂戴しつつ、あたたかく見守っていただければと存じます。本日はありがたく存じました」

巳之吉はあいさつをそう締めくくって頭を下げた。

べべん、べんべん

べんべんべん……

大丈が三味線をかき鳴らす。

それに合わせて拍手がわいた。

「ありがたく存じました。では、最後に……」

優之進は紋吉の顔を見た。

おはるが盆を運んできた。

最後に甘味を出す。

焼き柿だ。

柿をこんがりと焼き、味醂《みりん》を回しかける。流山《ながれやま》のとびきりの上物《じょうもの》だ。これで存分に甘くなる。

「新郎で、上州沼田の旅籠、清流屋の二代目になる紋吉さんからごあいさつを」

優之進は弟子のほうを手で示した。

「あ、へえ……」

紋吉がぎこちないしぐさで立ち上がった。

「しっかりしゃべれ」

左門がすかさず言う。

「へい」

紋吉は帯をたたいた。

「しっかり」

おさとも白無垢姿で言う。

一つうなずくと、紋吉はあいさつを始めた。

「本日は、ありがたく存じました。まだ至りませんが、上州沼田に戻ったら、おさとちゃんを大事にして、おかあと猫を呼んで、おとうの思い出が一杯詰まった清流屋を……」

紋吉はそこで言葉に詰まった。

「気張れ」

あいさつと旅籠、二つにかけて、優之進が短く励ました。

「きっと行くからな」

巳之吉がやさしい声音で言った。

おはるがうなずく。

「ありがたく存じます」

紋吉は一礼すると、目もとを指でぬぐってから続けた。

「おさとちゃんと力を合わせて、清流屋を沼田でいちばんの旅籠にします。本日はありがたく存じました」

晴やの前で行き倒れた若者は、祝言の宴の出席者に向かって深々と頭を下げた。

第十一章　梅から桜へ

一

梅の季節になった。
晴やでも梅見の弁当を担うようになった。
むろん、梅干しも入れる。
錦糸《きんし》玉子にそぼろ、若竹と蕨の煮物に小鯛の焼き物。
心弾む弁当だ。
中食が始まる前に、鯨組の大工衆が弁当と酒を受け取りに来た。
「支度はできております」
おはるが笑顔で出迎えた。

「おう、ありがとよ」

棟梁の梅太郎がいなせに右手を挙げた。

名にも梅が入っているから、毎年の梅見は欠かさない。

「いい日和《ひより》になってよかったですね」

優之進が厨から言った。

「そうだな。……おう、亀戸《かめいど》までしっかり歩け」

棟梁が言った。

亀戸は江戸でも指折りの梅の名所だ。

「へい」

「承知で」

大工衆の声が返る。

「大徳利《おおどつくり》の支度もできました」

紋吉がかざした。

「しっかり運べ」

梅太郎が言った。

「なら、おいらが」

弟子が手を伸ばす。

「よし、行くぜ」

棟梁が帯を一つたたいた。

「へいっ」

「行ってきまさ」

「年に一度の楽しみで」

大工衆がさえずる。

「お気をつけて」

おはるが笑顔で見送った。

二

晴やの前に、こんな貼り紙が出た。

けふの中食
はまぐりづくし膳

はまぐりごはん
やきはま　はますひ
小ばち　香のもの
三十食かぎり三十文
　　　　　　晴や

いつもならここで終いだが、今日の貼り紙には続きがあった。
お世辞にもうまいとは言えない字で、こうしたためられていた。

しゆぎやうがをはり、上州沼田へ
あすかへります
おせわになりました
　　　　　　紋吉

「そうか、故郷《さと》へ帰るのか」

境川不二が言った。

不二道場の門人たちとともに、今日はいち早くのれんをくぐってくれた。

「へえ、お世話になりました」

紋吉が厨から答えた。

「明日はもう上州へ向かうので」

優之進が手を動かしながら言う。

「そりゃあ、達者で」

「おかみと一緒かい？」

門人の一人がおさとのほうを手で示した。

「へえ、一緒に帰りまさ」

紋吉は嬉しそうに答えた。

「いままでありがたく存じました。今日は最後のお運びで。……お待たせいたしました。蛤《はまぐり》づくし膳でございます」

おさとはそう言って、まず道場主に膳を置いた。

「おお、これはうまそうだ」

境川不二がさっそく箸をとった。

「お待たせしました」

「こちらにも」

おはるがおまさとともに門人たちに膳を置いた。

おさとが上州へ行ったあとは、代わりにおたきも助っ人に入る段取りになっている。

蛤づくし膳の評判は上々だった。

「蛤ご飯がもちっとしていてうまいな」

「麦も入ってる」

門人たちが言う。

「蛤の濃い味に負けないように、米はとがずに用い、押し麦も加えています」

優之進が厨から言った。

「飯もそうだが、焼き蛤は醬油の加減がちょうどいいな」

境川不二が満足げに言った。

「蛤吸いも五臓六腑にしみわたるよ」

近くの席の隠居が言った。

そんな調子で、ほうぼうで箸が小気味よく動き、蛤づくしの膳は次々に平らげられていった。

不二道場の道場主からは、帰り際に餞別《せんべつ》が渡された。

「少ないが、何かの足しにせよ」

そう言って、境川不二が包んだ銭を渡す。

「ありがたく存じます。助かります」

おさとがていねいに頭を下げた。

「ありがてえこって」

紋吉も出てきて礼を述べた。

「では、風邪など引かず、夫婦仲良く、達者に暮らせ」

道場主が白い歯を見せた。

「はいっ」

おさとも笑顔で答えた。

三

紋吉がおさとともに上州へ帰ることは、ほかの晴やの常連客にも伝わった。

二幕目には、二人の隠居が連れ立ってやってきた。

書物問屋山城屋の佐兵衛と、地本問屋相模屋の七之助だ。例によって、佐兵衛のお付きの竹松もいる。

「少しだが、餞別を持ってきたよ」

「旅籠再興の前祝いも兼ねているからね」

二人の隠居が言った。

「ありがたく存じます。助かります」

紋吉が頭を下げた。

「大事に使わせていただきます」

おさとも続いた。

「蛤ご飯が残っておりますが、いかがでしょう」

おはるが水を向けた。

「いいね」

「そりゃいただくよ」

座敷に陣取った佐兵衛と七之助が言った。

「では、手代さんの分も」

と、おはる。

「はいっ、いただきます」

竹松の瞳が輝いた。

「ほかに、筍の木の芽田楽と土佐煮ができます」

優之進が厨から言った。

「気を入れてつくりますんで」

紋吉の声も響いた。

「なら、修業の成果を見せておくれ」

書物問屋の隠居が温顔で言った。

「筍なら、上州の旅籠でも出せるだろう」

地本問屋の隠居も和す。

「承知しました」

紋吉はいい声で答えた。

ほどなく、おはるとおさとが手分けをして蛤ご飯と酒と土佐煮を運んだ。

「お待たせいたしました」

おさとが土佐煮の小鉢を置く。

「もう支度はできたのかい」

佐兵衛が問うた。

「ええ。明日の朝早く、こちらに寄ってから上州へ」

おさとは答えた。

「新たな門出だね」

七之助が言う。

「はい、気張ってやります」

おさとは笑顔で答えた。

「初めから気張りすぎないように」

おはるが言った。

「ええ。楽しみながらやります」

おさとはいい表情で答えた。

いい香りが漂いだした。筍の木の芽田楽だ。

あくを抜いた筍を輪切りにし、八方だしで煮てそのまま冷まして味を含ませる。

汁気を拭き取ったら串を打ち、表裏をこんがりと焼く。

片面には木の芽味噌を塗って焼く。焦げやすいから、淡い焼き色がつく程度でいい。

皿に盛り付け、木の芽をのせたら、香りがよくて見た目も美しい木の芽田楽の出来上がりだ。

「お待たせいたしました」

紋吉が肴を運んできた。

「なら、さっそく舌だめしで」

「駄目ならもう少し修業だね」

二人の隠居が戯言《ざれごと》まじりに言った。

「おいしゅうございました」

竹松が満足げに箸を置いた。

蛤ご飯は好評のうちにすべて平らげられた。

「うん、ちょうどいい焼き加減だね」

佐兵衛がうなずいた。

「これなら、沼田の清流屋で出しても喜ばれるよ」

七之助が太鼓判を捺す。

「ありがたく存じます」

紋吉は満面の笑みで答えた。

「筍はたくさん採れるそうですから」

おさとも笑みを浮かべた。

「秋は茸《きのこ》。川魚もたんと獲れるし、畑もあるので」

紋吉があるじの顔で言った。

「土佐煮もうまいよ」

「酒が進むね」

二人の隠居が言う。

「水がいいので、酒もうまいです。お客さんの来るのが待ち遠しいです」

明日、上州へ帰る若者の瞳が輝いた。

四

「ずいぶん餞別をもらったな」

厨の後片付けをしながら、優之進が言った。

「へえ、ありがてえことで」

紋吉が両手を合わせた。

すでに日は西に傾いている。

明日の支度もあるから、おさとは上州屋へ帰った。座敷と一枚板の拭き掃除も終わり、紋吉もそろそろ長屋へ引き上げる頃合いだ。

その後、餞別をくれたのは、二人の隠居だけではなかった。

ややあって、左門が實母散の隠居の新右衛門と絵師の狩野小幽とともに晴やののれんをくぐってきた。例によって、三番屋へ行く前の軽く一献だが、紋吉に餞別を渡して励ますという目的もあった。

左門と新右衛門の餞別は銭だが、小幽は紋吉とおさとの似面を描いた。

並んで笑顔で客を出迎える若夫婦の姿は見るなり笑みが浮かぶほどで、紋吉もおさともいたく気に入った。

「こりゃあ旅籠に飾るべ」

紋吉は上気した顔でそう言っていたものだ。

そんな調子でさまざまな情けを受けたが、まだ真打が残っていた。

ほかならぬ晴やからの餞別だ。

「いままで気張ってくれたから、旅籠の足しにして」

おはるがそう言って袱紗《ふくさ》に包んだものを渡した。

「ありがたく存じます。普請をやり直すところがあるので、助かります」

紋吉が深々と一礼した。

「それから、肝心なものだ」

優之進はそう言うと、ひそかに用意しておいたものを取り出した。

晴やの風呂敷に包まれている。

「開けてみろ」

優之進が言った。

「へえ」

紋吉は包みを解いた。

中から現れたのは、蓋付きの瓶《びん》だった。

「これは……」

紋吉が瞬きをした。

「毎日、つぎ足しながら使っている命のたれだ。さまざまなたればかりでなく、煮物や汁にも幅広く使える。上州に帰ったら、つぎ足しながら使え」

晴やのあるじが言った。

「このたれを清流屋さんの味に」

おはるも言う。

「ありがたく存じます。大事にします」

紋吉はそう言って目をしばたたかせた。

こうして、最後の餞別が清流屋の二代目の手に渡った。

五

別れの時が来た。

紋吉とおさとの支度は整った。それぞれ嚢《ふくろ》を背負っている。紋吉の嚢のほうがひと回り大きい。

「では、お世話になりました」

大きな嚢を背負った紋吉がやや窮屈そうに頭を下げた。

「これから上州沼田へまいります」

おさとは晴れ晴れとした顔つきで言った。

「二人とも、達者でね」

おはるが笑顔で言った。

「はいっ」

おさとがまず答える。

「落ち着いたら文《ふみ》を送れ」

優之進が言った。

「へえ、清流屋ののれんを出して、お客さんが来るようになったら」

紋吉が答えた。

おはるが言う。

「お母さまにもよろしゅうに」

「おかあも喜びまさ」

紋吉は笑みを浮かべた。

「みゃあーん」

ここで黒兵衛が出てきた。

鈴を鳴らしながらおさとのもとへ軽快に近づき、身をこすりつける。

「達者でね、って」

おはるのほおにえくぼが浮かんだ。

「黒兵衛ちゃんもね」

おさとは看板猫の頭をなでてやった。

「うちも猫と一緒に暮らすべ」

紋吉が言う。

「よしよし、いい子で」

おさとがなおもなでると、黒兵衛はひとしきり気持ちよさそうにのどを鳴らしていた。

「なら、このへんで」

紋吉が右手を挙げた。

「ああ、達者で暮らせ」

晴やの前で行き倒れていた若者がこんなに成長して故郷へ帰る。

しかも、新妻とともに帰郷して、これから旅籠を再興する。

そう思うと、優之進は胸の詰まる思いがした。

「では、上州へ向かいます」

おさとが頭を下げた。

「どうか気をつけて」

おはるは笑顔で言った。

紋吉とおさとの姿が小さくなるまで、晴やの二人は通りに出て見送った。

角を曲がる前に、若夫婦は歩みを止めて手を振った。

「お達者で」

おはるは精一杯の声で見送った。

六

南のほうから桜だよりが届いた。

鯛がことにうまくなる時季だ。

晴やの中食に、鯛のおかき揚げが出た。

京橋の見世からこわれたおかきを安く仕入れ、細かく砕いて揚げ物の衣にする。こうすると、香ばしくて実にうまい。

「おっ、珍しいものが出てるな」

貼り紙を見てのれんをくぐってきた吉塚猛兵衛が言った。

「猛さんもいかがです？」

おはるが水を向けた。

「そうだな。なら、かきこんでいくか」

定廻り同心がそう言って、一枚板の席の空いているところに腰を下ろした。

「うまいですぜ、旦那」

「今日来てよかった、おかき揚げ」

「若布と筍の吸い物がまたうめえ」

「鯛は刺身までついてるしよう」

先客の左官衆が満足げに言う。

「おう、そりゃ楽しみだ。……お、さっそく来たな」

猛兵衛の前に膳が据えられた。

「上州のほうはどうだい。便りは来たか」

廻り方同心はそう言って箸を取った。

「まだですが、気張ってやってると思います」

優之進が厨から答えた。

「落ち着いたら文が来るでしょう」

おはるも勘定場から言う。

「そうだな。……まずはおかき揚げからいくか」

少し迷ってから、猛兵衛はおかき揚げを箸でつまみ、口中に投じた。

おかきに醬油の味がついているから、天つゆはいらない。

「うん、こりゃうめえ」

食すなり、猛兵衛の表情がやわらいだ。

「明日は鯛飯を出すつもりで。二幕目には兜《かぶと》焼きなども」

優之進が言った。

「鯛づくしだな。おれは入り浸ってるわけにはいかねえが」

廻り方同心はそう言うと、今度は吸い物の椀を手に取った。

「代わりに、おれらが食いますよ」

「近々、祝いの宴があるもんで」

相席の左官衆が言う。

「ほう、どんな祝いだい」

猛兵衛が訊く。

「嫁が決まったり、子ができたり」

「いろいろめでてえことが続いたんでさ」

左官衆が答えた。

「そうかい。そりゃ何よりだ」

廻り方同心はそう言うと、吸い物の椀を置き、またおかき揚げに箸を伸ばした。

七

同じころ――。

上州沼田では、旅籠の前で若夫婦が客を見送っていた。

「また来るよ。どの料理もうまかったから」

年かさの客が満足げに言った。

「筍づくしがことにうまかったな。炊き込み飯に蕎麦、刺身に田楽に天麩羅。山菜もうまかった」

若いほうも笑みを浮かべる。

「ありがたく存じます。またお越しくださいまし」

桜色の着物に身を包んだおさとが笑顔で言った。

「お待ちしております」

紋吉も一礼した。

目にしみるような紺の作務衣《さむえ》をまとっている。もうすっかりあるじの顔だ。

「内湯もよかったし、また来るよ」

「達者でな」

二人の客は手を挙げると、機嫌よく帰っていった。

その背を見送ると、紋吉とおさとは旅籠ののれんをくぐった。

清流屋

真新しいのれんだ。

その名に合わせた濃い目の水色ののれんは、日の光を受けると美しく輝く。

「お疲れさま」

杖を突いた媼《おうな》が出迎えた。

紋吉の母のおとみだ。

足が悪いのでしばらく親族のもとへ身を寄せていたのだが、旅籠の再興に合わせて呼び寄せた。

「ご満足いただけたみたいで、よかったべや」

紋吉が晴れ晴れとした表情で言った。

「また来てくださるといいですね」

おさとがおかみの顔で言う。

「一人一人の積み重ねで」

おとみはそう言うと、酒の空き樽の上に腰を下ろした。

杖の歩みは遅いが、芋の皮むきなどの座り仕事なら旅籠を手伝える。何より家族がそろうのがありがたかった。

「あーね。これからも一人一人をおもてなしで」

紋吉が気の入った表情で言った。

ここで、座敷で寝ていた猫がむくむくと起き上がり、大きなのびをした。

茶とらの雄猫のとらだ。

おとみと一緒に暮らしていたが、清流屋の再興に伴ってこちらへ移ってきた。いまはもうすっかり慣れてわが物顔で暮らしている。

「おまえも看板猫をお願いね、とら」

おさとが声をかけた。

「福をたくさん運んでくるべ」

紋吉も笑顔で言う。

「うーみゃ」

分かったにゃとばかりにとらがないたから、再興を果たした上州沼田の旅籠に和気が漂った。

終章　浄土《じょうど》の月

一

江戸でも桜の花が咲きだした。

いささか気は早いが、晴やには花見弁当の注文が入るようになった。

その皮切りは、不二道場の剣士たちだった。

「山稽古も兼ねているゆえ、桜はまあ少しでよかろう」

境川不二がそう言って笑った。

「飛鳥山《あすかやま》なら足腰が鍛えられましょう」

「二分咲きくらいの桜もまた風流で」

「混まぬのが何よりで」

門人たちが言う。

「お気をつけて行ってらっしゃいまし」

おはるが風呂敷包みを渡した。

太巻き寿司に小鯛の焼き物、筍と蕗《ふき》の煮物など、とりどりにあしらった二段重ねの弁当だ。

「大徳利もどうぞ」

優之進が酒を渡す。

「おう。稽古を終えたあとの花見酒は格別だからな」

道場主の顔がほころんだ。

不二道場の面々を見送ってしばらく経つと、中食の時になった。

すでに貼り紙が出ている。

けふの中食
田楽たべくらべ膳
とうふとたけのこ
ちやめし　さしみ　みそ汁　小ばち

三十食かぎり三十文
晴や

豆腐と筍の田楽を食べくらべるのが趣向だ。そればかりではない。木の芽味噌と田楽味噌、それぞれに食べくらべられるようになっていた。

「今日の膳もうめえな」

「刺身もぷりぷりでよ」

「味噌汁は浅蜊《あさり》で、身の養いにもなるぜ」

鯨組の大工衆が口々に言った。

潮を吹く背中の鯨がいつもより楽しげに見える。

「食べくらべことに楽しや今日の膳……字余りなし」

例によって大丈が一句披露した。

そんな調子で、中食は滞りなく売り切れ、終いの客を見送る段になった。

「毎度ありがたく存じました」

おるみを抱っこしたおはるが明るい声で言った。

いつのまにか首が据わり、背を支えてやればお座りもできるようになった。

「おっ、うまかったぜ、看板娘」

「また来るぞ」

終いの客が機嫌よく去っていった。

それと入れ替わるように、飛脚がやってきた。

腿《もも》が張った飛脚は、たしかな足取りで晴やかに到着すると文を渡した。

それは、上州沼田からの文だった。

二

「おっ、文が来たか」

知らせを聞いて、優之進が飛び出してきた。

「『清流屋　紋吉』って書いてあるわ」

おはるが差出人の名を記した。

「なら、読んでやろう」

優之進が手を差し出した。

「ええ」

おはるが渡す。

惣菜の支度をしていたおまさとおそのも手を止める。

「よし、読むぞ」

優之進は一つ咳払いをしてから読みはじめた。

晴やのみなみなさま
おかげさまで　はたごののれんが　またでました
おかあと　ねこのとらを　よびよせました
おかげさまで　お客さま
きてくださいます
これからも　精進して
きばつてやります
そちらさまも　どうかおたつしやで
紋吉

「精進」の字はずいぶんといびつだったが、思いは伝わってきた。

「気張ってやってるのね」

おはるがうなずいた。

「客が来ているようでひと安心だ」

優之進がそう言って文をたたんだ。

「弟子ののれん分けみたいなものですからね」

おまさが言った。

「いや、清流屋は清流屋で」

優之進がすぐさま言う。

「向こうさんののれんを育ててもらえれば」

おはるも言った。

「あちらにも看板猫がいるんですね」

おそのがそう言って黒兵衛のほうを見た。

「とらちゃんね」

おはるが笑みを浮かべる。

「みなで旅籠を守り立てて、繁盛してくれれば」

優之進が願いをこめて言った。

「きっと繁盛しますよ」

と、おまさ。

「気張ってたから、紋吉さん」

おそのも和す。

惣菜の支度が整った。

金平牛蒡に高野豆腐、筍の土佐煮にひじきと大豆と油揚げの煮物。

いつもながらの晴やの惣菜だ。

女房衆に加えて、錺職の平太と家主の杉造も惣菜を求めにきた。

「紋吉さんから文が来たんですよ」

おはるが伝える。

「おっかさんと猫を呼び寄せて、みなで達者に暮らしているそうです」

二幕目の支度をしながら、優之進が言った。

「そりゃあ、何よりだね」

家主が笑みを浮かべた。

「客は来てるんですかい？」

平太が問う。

「おかげさまで、来てくださっていると文に書いてあった」

優之進が答えた。

「なら、ひとまず安心で」

平太が白い歯を見せた。

「いつか行ってみたいわね、上州沼田の清流屋さん」

おはるが少し遠い目で言った。

「おるみが大きくなったらな」

優之進はそう言って、また小気味よく仕込みの手を動かした。

三

二幕目には左門が来た。

實母散の隠居の新右衛門と、絵師の狩野小幽も一緒だ。いつものように、軽く呑んでから三番屋に繰り出すらしい。

なじみの左官衆も祝いごとでやってきた。若い左官に初めての子ができた祝いだ。左官衆は座敷に、左門たちは一枚板の席に陣取ったから、晴やはずいぶんにぎやかになった。

左門たちには鯛の昆布締めが供された。左官衆にはこれから姿盛りを出す。主役の左官には兜焼きだ。

「そうか。弟子の旅籠はちゃんとのれんを出したか」

優之進から話を聞いた左門が言った。

「お客さんも来ているようだからひと安心で」

厨仕事に精を出しながら、優之進が答えた。

「わたしの絵も飾ってあるでしょうかね」

小幽が言う。

餞別に渡した紋吉とおさとの似面だ。

「そりゃあもう、いちばんいいところに飾ってありますよ」

おはるが笑みを浮かべた。

晴やのおかみの言うとおりだった。

清流屋の廊下の目立つところに、二人の似面は飾られていた。

額は紋吉がつくった。「狩野小幽画伯筆」と紙も添えられていた。そちらの字はおさとが書いた。客に訊かれたら、若いあるじとおかみは笑顔で江戸の晴やの話をした。

「お待たせいたしました」

その晴やの座敷に、鯛の姿盛りが運ばれた。

「おお、来た来た」

「祝いだから、たんと食え」

かしらが若い左官に言った。

「へえ」

主役がうなずく。

「夜泣きはするかい？」

實母散の隠居が問うた。

「へえ。そりゃ仕方ねえんで」

若い左官が答えた。

「うちの子もまだまだ大変で」

おはるがそう言っておるみを抱っこした。

「子は泣くのがつとめだ。辛抱しな」

いなせなかしらが言った。

「へえ」

左官が頭を下げた。

「よし、じいじが抱っこしてやろう」

左門が両手を伸ばした。

「では、お願いします」

いくらか不安げに、おはるは左門におるみを託した。

案の定、孫は火がついたように泣きだした。

「泣きましたぜ、旦那」

「子のつとめで」

左官衆が笑みを浮かべる。

「おお、よしよし、いい子だ。じいじではいかぬか」

左門はなおしばしあやしていたが、おるみが泣き止《や》む気配はなかった。

「そろそろ潮時で、父上」

見かねた優之進が言った。

「やむをえぬな。……ほれ、母のもとへ戻れ」

左門はおるみをおはるに戻した。

「はいはい、いい子」

おはるがあやす。

心配そうに見守っていた黒兵衛が、短く「みゃ」とないた。

やがて、おるみはやっと泣き止んだ。

左門も晴やの面々もほっとしたような顔つきになった。

四

日が西に傾いてきた。

おはるは晴やののれんをしまった。

「よし、仕込みが終わったら行水だな」

優之進が言った。

「ええ、あったかいお湯で」

おはるはそう言うと、のれんを巻いて座敷の隅に置いた。

「そのあとは交替で湯屋だ」

豆の仕込みに取りかかりながら、優之進が言った。

「明日の中食は炊き込みご飯ね」

と、おはる。

「大豆とひじきと油揚げの炊き込みご飯だ。魚は刺身にするか煮魚か、はたまた天麩羅か。そのあたりは仕入れ次第だな」

優之進が笑みを浮かべた。

大豆を水につけてまず選別する。浮いてくるものは中が空洞になっているから取り除かねばならない。

「おれが湯屋から帰ってから水につければちょうどいいな」

優之進が言った。

大豆に水を吸わせるときは、冬と夏とで違う。いまなら晩に水につけ、寝起きに取り出せばいい塩梅になるだろう。

「なら、次は行水ね」

おはるが言った。

「湯はそろそろ頃合いだ」

優之進が釜のほうへ歩み寄った。

盥《たらい》に湯を張り、熱すぎないように湯加減を見る。

やがて支度が整った。

「おるみちゃんの湯屋よ」

おはるが笑顔で言った。

「おまえは入らないんだな」

優之進が黒兵衛に言った。

面白いのか、それとも心配なのか。おるみが湯に入れてもらっているあいだ、黒兵衛はいくらか離れたところで見守っている。

一度、猫も入れてみようとしたことがあるのだが、引っかかれそうになったからやめた。見物するのはいいが、盥に入るのは願い下げのようだ。

「ほら、気持ちいいね」

おはるはわが子をていねいに洗ってやった。

「今日は機嫌よさそうだな」

優之進が笑みを浮かべた。

「そうね。泣く日もあるけど」

と、おはる。

「おかあは湯屋へ行くから、そのあいだはおとうと黒兵衛と留守番だ」

優之進が言った。

「いいわね？」

仕上げに洗いながら、おはるが問うた。

「お、笑った」

優之進の表情がやわらぐ。

おるみはたしかに嬉しそうに笑った。

五

「毎度ありがたく存じました」

湯屋のおかみの声が響いた。

「さっぱりしました。また来ます」

おはるは笑顔で答えた。

湯屋では同じ長屋の女房もいた。晴やの客の顔もあった。

おかげで話が弾んだ。

「子育ては大変ね」

「抱っこ紐に入れてると、肩が凝るもので」

「早く歩いてくれればいいけどね」

「歩いたら歩いたで、またいろいろと心配で」

湯屋ではそんな会話をかわした。

おかげで、体ばかりか心もいくらか軽くなった。

湯屋を出たら、心地いい風が吹いていた。

だいぶ暗くはなってきたが、提灯《ちょうちん》が要るほどではない。いつもこれくらいに戻り、優之進と交替する。

「あっ」

おはるは思わず声をあげた。

屋並みの上に、美しい月が出ていた。

「きれい」

歩みを止め、瞬きをする。

まるでそこに浄土があるみたいだった。

浄土の月が、江戸の町にささやかな光を投げかけている。

ふと、脳裏に子の顔が浮かんだ。

おるみではない。

晴美だ。

一年半生きただけであの世へ行ってしまった晴美の顔が、なぜかありありと浮かんできた。

そうね。
あなたはあそこにいるのね。
おはるは心の中で語りかけた。

おるみちゃんを守ってあげてね。
あなたはお姉ちゃんだから。

いまは遠いところにいる晴美に向かって、おはるはそう語りかけた。
浄土の月。
その光がうるんで見えた。
また瞬きをすると、おはるは何かを思い切るように歩きだした。
晴やのほうへ進む。

ほどなく、かすかに声が聞こえてきた。

間違いない。

おるみの泣き声だ。

「帰ってきたよ」

おはるは声に出して言った。


お乳かもしれない。

おしめかもしれない。

待っておくれ。


「おかあがいま行くよ」

おはるは足を速めた。

晴やに入る前に、おはるはもう一度空を見上げた。

月はまだそこにあった。

わが子のもとへ急ぐおはるを、浄土の月があたたかい色で見守っていた。

［参考文献一覧］

田中博敏『お通し前菜便利集』（柴田書店）
田中博敏『旬ごはんとごはんがわり』（柴田書店）
畑耕一郎『プロのためのわかりやすい日本料理』（柴田書店）
『一流板前が手ほどきする人気の日本料理』（世界文化社）
『人気の日本料理2　一流板前が手ほどきする春夏秋冬の日本料理』（世界文化社）
『一流料理長の和食宝典』（世界文化社）
野﨑洋光『和のおかず決定版』（世界文化社）
志の島忠『割烹選書　春の献立』（婦人画報社）
土井勝『日本のおかず五〇〇選』（テレビ朝日事業局出版部）
鈴木登紀子『手作り和食工房』（グラフ社）
『復元・江戸情報地図』（朝日新聞社）
日置英剛編『新國史大年表　五-Ⅱ』（国書刊行会）
今井金吾校訂『定本　武江年表』（ちくま学芸文庫）

菊地ひと美『江戸衣装図鑑』(東京堂出版)
西山松之助編『江戸町人の研究　第三巻』(吉川弘文館)

光文社文庫

文庫書下ろし／長編時代小説

いのち汁《じる》　人情《にんじょう》おはる四季料理《しきりょうり》㈢

著者　倉《くら》阪《さか》鬼《き》一《いち》郎《ろう》

2024年7月20日　初版1刷発行

発行者　三宅貴久

印刷　萩原印刷

製本　ナショナル製本

発行所　株式会社　光文社

〒112-8011　東京都文京区音羽1-16-6

電話　(03)5395-8147　編集部

8116　書籍販売部

8125　制作部

ISBN978-4-334-10370-5　Printed in Japan

組版　萩原印刷